不遇スキルの錬金術師、辺境を開拓する

Fugu-Skill no Renkinjyutsushi,
Henkyowo Kaitaku suru

貴族の三男に転生したので、
追い出されないように
領地経営してみた

5

Tsuchineko
つちねこ

主な登場人物
Main Characters

ミルカ

テンペスト一族の女の子。
小金持ち。

ローズ

クロウの幼馴染の女の子。
剣が得意。

ラヴィ

狼の魔物。
可愛い。

シャンクルー
大地の精霊の女王。
内気でコミュ障。
アクアリーナ
水の精霊の女王。
大精霊の中では頭脳明晰タイプ。
ネシ子
魔《ま》の森《もり》を統《す》べる
最強の氷竜。
アドニス王太子
ベルファイア王国のえらい王子様。
なぜかクロウをリスペクト。
クロウ
不遇スキル持ちのため、辺境に
追いやられた貴族の三男坊。
錬金術と前世を知識を生かして、
数々の奇跡を起こしていく。

1　王立自治区ネスト領

貴族の三男坊として生まれた僕、クロウ・エルドラド。スキル授与の儀式の直前、前世の日本人として生きていた時の記憶を思い出したことで魔法の世界にわくわくしていたのに、授かったスキルはこの世界では不遇とされる錬金術《れんきんじゅつ》だった。

せっかく貴族として生まれたというのにこの不遇スキルでは表舞台に立つことすら許されず、僕の貴族としての道はあっさりと途絶《とだ》えてしまう。

それでも錬金術の可能性を信じ、仲間や家族の協力のもと辺境の地の開拓に成功したことで錬金術スキルの評価は高まり、ついにネスト村はエルドラド領から独立して王立自治区に。そしてなんと僕も男爵位を授かってしまった。

辺境の地でのんびりと家族のために頑張ろうかな、ぐらいの軽い気持ちだったのに、これからは貴族としての責任が問われる状況となってしまった。

それでもいきなり僕に領地を任せるというわけではなく、王太子であるアドニスをトップに置いて、僕は補佐をしながら勉強しなさいということらしい。

ウォーレン王もアドニスにここでしか感じることのできない錬金術スキルによる街造りや、精霊さん、それとドラゴンとの共生について実際に触れ合うことで学ばせたいのだと思う。街の中に精霊さんとかドラゴンとか普通はいないからね。

ということで、王都での凱旋《がいせん》を終えて新たに自治区となった新ネスト領に戻ってまいりました。

◇

久し振りにネスト村に帰ってきた。

このほっとする気持ち、なんというか前世の記憶が戻ってからほとんどの時間を過ごしてきたこの場所が、今ではホームタウンと言っても過言ではないだろう。

「ここがネスト村なんだね。いや、もう村ではないか。それにしても、聞いてはいたけど……大きいね」

「ようこそネスト村へ。あっ、もう王立自治区ネスト領でしたね」

そうそう。ネスト村はついに村からレベルアップして、街を超えて、王立自治区ネスト領という立派な名前に改名することになった。

アドニスにはここまで来る馬車の中で旧ネスト村についての説明をしておいたからまだ良かった

ものの、帯同《たいどう》した近衛騎士団は初めて見るネスト村に驚愕《きょうがく》の表情を浮かべている。

王都と比較しても差のない、いやそれよりも分厚く高さのある土壁。そして、その奥にそびえ立つドラゴンの棲《す》まう立派な塔《とう》。そして周りを囲む大きな水堀。

辺境の地と聞いていたのに、話で聞くよりも綺麗《きれい》で美しい場所。そして初めて見る種族や精霊の姿に衝撃を受けている。

騎士たちにもそれなりには伝えていたとは思うけど、百聞《ひゃくぶん》は一見にしかずというか、聞いた話と実際に目にするのとではかなり違いがあるということなのだろう。

まあ実際、建物とかは造って一年ぐらいしか経っていないからまだ新しい。畑の作物は魔力たっぷりの土で元気いっぱいに育っている。そして壁の内側に湖があるとか意味不明だしどうなってるんですか？　って感じだよね。

入口で僕たちを出迎えてくれたのは、ピンクのミニスカギガントゴーレム。そして好奇心旺盛《おうせい》な精霊たちが何事かと物珍しそうに集まってくる。

ふと横を見ると、ちょうど川から荷物を揚げたばかりの川リザードマンたちがゴーレム隊のいる隊舎へと荷物を預けていく。

「あ、危ない！　キラービーが」

「慌てるな。事前に説明してるだろう。ここのキラービーは仲間なんだ。ほらっ、手紙を運んでいるのが見えるだろう」

キラービーは何かを探すように空中を舞うと僕の家の方へと向かっていった。おそらくバーズガーデンからセバス宛の手紙なのだろう。

「こ、ここは、本当にベルファイア王国なのか……」

辺境の地だけど、間違いなくベルファイア王国で合っております。

まあ、騎士たちが驚くのも無理はない。でも驚くのはまだ早い。まだ見せていないものはいっぱいあるし、こんな調子じゃ広場にたどり着く頃には日が暮れてしまう。

騎士たちは飽きもせずポカーンとゴーレム隊を見続けている。

ゴーレム隊は荷物を検品しては各場所へと仕分けして運んでいく。それは牧場の方だったり、新設された冒険者ギルドの方だったり、食料庫に運ばれる物もあるだろう。

他にも畑の収穫を手伝っていたり、外から警備のゴーレム隊が戻ってきては問題がなかったか情報を共有したりしている。

僕からしたらいつも見てきたネスト村の光景なんだけど、初めて見る人にとっては珍しいのだろう。様々な種族がいて錬金術師が操るゴーレムが日々の生活の中に溶け込んでいる。

でも、これがきっと王国の日常になっていく。

ここで研究している便利な物を王国に伝えていき、もっともっと楽をしたい。そのためには僕も全力を尽くしたい。

おっと、そろそろ移動してもらわないとね。今日はまだまだやることが多いのだから。

「とりあえず、ここで立ち止まっているのもなんですし、この先の広場まで進みましょうか」

　そうして見えてきた広場では、王都ではなかなか見かけないドワーフたちが何人も集まって酒を呷《あお》るように飲んでいる。

「あいつら、ちゃんと仕事してたんだろうな……」

「騎士団は三隊に分かれ、昼食をとる組、温泉に入る組、警護に当たる組に分かれるように」

　とりあえずはここで休憩をしてもらってる間に、お城と騎士団用の集合住宅を建てたいと思う。あっ、近衛騎士団用の詰所《つめしょ》も入口付近に建てる必要があるんだっけ。まあ、とりあえずはいっぱいある荷物を運び入れる城の建設からだろう。

「アドニス、お城を建てるからちょっと一緒に来てもらえるかな」

「ちょっと散歩に行く感覚で城を建てるというのが、にわかには信じがたいな」

「一応話し合った図面の通りに造るつもりだけど、途中で何か希望があったらなんでも言ってね」

　城の装飾とかは苦手なので、そういうのはおいおいアドニスの方でなんとかしてもらいたい。僕は下地となる建物を強度高めで安全に造ることに注力する。

「クロウお坊ちゃま、お帰りなさいませ。話は手紙で伺っておりますが、改めて男爵位叙任《じょにん》おめでとうございます。セバスはクロウお坊ちゃまが認められることをずっと信じておりました」

「うん。ありがとう。セバスが支えてくれたからこそだよ。これからもよろしく頼むね。あっ、こちらはアドニス王太子だよ」

「クロウから優秀な執事だと聞いている。新しい王立自治区における筆頭執事として、引き続きクロウと私を支えてもらいたい」

「過分なお言葉、誠にありがとうございます。この老いぼれで良ければ是非ともお手伝いさせてください」

セバスとも顔合わせが済んだし、ちゃっちゃとお城の建築といこうか。

湖を拡大するようにして掘削しつつ、城周辺の水域だけ防犯のために深度をとる。

この湖はもともと釣りをしたり、子供たちが水遊びしたりするために造られているので、手前側はかなり浅くなっていて中心に行くにつれ深くしていた。

しかしながら王族が住む城となると、そういうわけにもいかないだろう。もちろん、大きな土壁の内側なので安全面はそれなりに高いのだけど、冒険者ギルドがある以上、不特定多数の人がやってくるのは避けられない。

僕も毎日鑑定とかするの嫌だからね。ということで、基本的な警備は近衛騎士団にやってもらう。彼らは王族を守るのが役目なのだからね。

ということで、城へ渡る桟橋《さんばし》を架け、そこを重点的に警備してもらうようにしよう。

「もう、一階部分ができ上がってしまったのか……」

「そうですね、あと少しで完成します」

「えっ、完成するのか⁉」

実際には地下も造っているので階数的には二階までがすでに完了している。ここから高さ三階まで積み上げて、屋上にも広くスペースをとる予定だ。

湖上の城なので眺めもいいはず。王族や貴族の方《かた》が来た際のもてなしにも使えるようにとの希望だったので、サービスでバーベキューセットやピザ窯《がま》も設置しておいてあげよう。

ここでビアガーデンとかやってもいいかもしれない。僕はまだお酒飲めないけど……。ハチミツと果物で甘いジュースとか飲んでもいいかな。氷を入れて冷え冷えにして飲むのはきっと快適なことだろう。


というわけで、お城、完成しました。

湖に浮かぶように立つネスト城。少し離れたところから眺めていた領民たちも感嘆《かんたん》の声を上げている。僕としてもなかなかの出来栄《ば》えに満足である。

子供たちの遊び場が縮小してしまったので、あとで反対側の湖をもう少し拡張しておこう。

「本当にあっという間に完成してしまったのだな……。クロウ、もう入ってもいいのか？」

アドニスも興奮気味だ。王都からあまり出たことがないと言っていたたし、初めての自分の城になるのだから喜びも一入《ひとしお》といったところだろう。

「問題ないですよ。一緒に見学しながら、直したいところとかあれば言ってくださいね」

今日のところは荷物を運び入れたりバタバタするだろうから、必要最低限の家具はすでにこちらで用意させてもらった。

「クロウお坊ちゃま、ご連絡いただいておりましたベッドや家具の搬入はいかがいたしましょうか」

「うん、全部運んじゃって」

セバスとは王都を出発する前に手紙でいくつかやりとりをして、準備を進めておいてもらった。

「かしこまりました」

アドニスがいる間はこの城の城主はアドニスなわけだけど、彼もずっとここにいるわけではない。数年、きっと長くても五年もしないうちに王となるべく教育を受けるために王都ベルファイアへ戻ることになるだろう。

そうなると、この城はそのまま僕が受け継ぐ可能性があるのだそうだ。もちろん、そうはならずに王族の血縁者が貴族位をもって赴任《ふにん》してくる可能性もあるのだろうけど。

アドニスからは最初、城で一緒に暮らせばいいと言われたのだけど、僕にはお気に入りのマイホームがあるし、貴族になったばかりで下《した》っ端《ぱ》男爵位の僕が王太子と一緒に暮らすというのは他の貴族とかに生意気だとか言われそうな気がしたので遠慮させてもらった。

年齢的にも王立自治区の代表とかではなく、今のような補佐的な位置づけの方が各方面にも角《かど》が立たないと思っている。そもそも僕に貴族の責務とか言われても困るし、気楽に誰かの影に隠れながらのびのび開拓している方が性《しょう》に合っているのだ。

「思ってた以上にしっかりとした造りになっているのだな」

そりゃあ、王太子の住まいになるのだからそれなりの設備にしなければならない。

地下には何かあった時用に脱出用の抜け道を造る予定だし、一階にはダミーで小舟《こぶね》を用意しておくつもりだ。ついでに実際に乗って小魚ぐらいは釣れるやつも造るつもりだけど。

「地下は食料庫や倉庫ですね。一階は東側に調理場や洗濯などの作業場。西側にリネン室と侍女や執事たちの住まい、それから簡易的な応接室とダイニングルームとなっています」

「結構広いんだね……。これをあの一瞬で造ったのか？」

「装飾関係はお任せしますね」

絵画や高級な絨毯《じゅうだん》などといった物は辺境の地にはない。その辺はアドニスに丸投げしている。

「あー、うん。えーっと、それじゃあ二階を見てみようか」

二階は客間が数部屋あって、そのすべてがレイクビューとなっている。そして、こちらにも応接室を用意している。また、外側から屋上スペースへ上がれる階段が設けられており、出入りできるようになっている。

三階にあるアドニスの寝室や執務室へは近衛騎士がいる階段を通らなければ行けないようにしている。こうすれば騎士の警護するエリアも最小限で済むだろうとのことだ。

そして屋上スペースには屋根のある食事スペースと踊れるぐらい広いガーデンスペースを造った。ここで来客を歓待《かんたい》することもできるし、ちょっとしたパーティーの催《もよお》しも可能だ。

「なんでクロウは建築やら排水やらの知識があるのかな？　その歳でどうやってこの規模の城を、しかも僅かな時間で造れちゃうのかな」

「家造りはなんと言いますか……ネスト村は全部僕が造ってますし、温泉や井戸や排水設備もほぼ僕一人で造り上げたので、この城はその経験が全部詰まった最高傑作である自信はあります」

「そ、そういうものか……。一般の家とこの規模の建築はまったく別物のような気がするのだが、実際にできてしまっているので受け入れるしかない……のか」

「まだ完成ではないですよ」

「こ、これで完成していないのか⁉」

「ほらっ、アドニスから希望のあった地下の脱出用抜け道はこれから作業しなければなりませんし」

「そ、そうだったな。それにしても驚いた。クロウがいれば戦場でも一夜にして堅牢な城や砦ができてしまうのではないか……」

そういうことには極力関わりたくないので、今の話は聞かなかったことにしておこう。

そもそも隣国と揉めているという話は聞いていない。辺境の開拓と魔物対策ぐらいのものだろう。

◇

というわけで、一通りの建築が完了すると、お祝いを兼ねた恒例のバーベキュー大会の開催へと移行する。

辺境の地あるあるとして、何かあった時のイベントはとにかくバーベキュー。美味しい肉を焼いてお酒やジュースを飲んで全員で盛り上がる。

今回はアドニスが肉と飲み物代を提供してくれることになったので、僕も含めて完全無料。人も増えてきているので結構な出費になると思うんだけど、これが王族パワーなのだ。

王立自治区となったことで、開拓にも支援金が入ってくるようになったらしい。このお金をどういった研究や開拓費用に充《あ》てるかは今後の話し合いで決まっていくだろう。とりあえずはダンジョン探索の拡充やミスリルの増産がメインになってくると思うけど。

ということで、今は住民総出でひたすら肉を焼いてくれている。夕方には冒険者も戻ってくるだろうから本格的に食べ飲み尽くされていくだろう。一応、期限は朝日が昇るまでとさせてもらっているが、明日は全員動けないことがほぼ決定していると見ていい。

ドワーフたちはすでに広場の一部を占領して朝まで徹底的に飲む構えだ。今回お酒はたっぷり持ってきているし、追加の注文も入れているのでたぶん問題ないはず。

明日はダンジョンも暇になるだろうとクネス大師をお呼びしている。いや、そもそも今の探索エリアにおいてクネス大師の出番はないんだけどね。

分身体でも良かったんだけど、一度ぐらいはちゃんとアドニス王太子と顔合わせした方がいいのではということでこのタイミングとなった。

「どうもはじめまして、クネスと申します」

ネスト城に最初にご招待したのが、ゴズラー教のクネス大師ということになる。

今後は王家の情報網にもなっていく予定なので、アドニスとの関わりも深くなっていくことだろう。

「うん、君がダークネスドラゴンのクネス大師なんだね。今後ともよろしく頼むよ」

「あっ、はい。こちらこそ、よろしくお願いします」

最初に見た時の印象からは幾分《いくぶん》元気そうに見えなくもない。相変わらず疲れた中年のような姿のままだけれども。

「クネス大師、ちょっと元気になりました？」

「クロウさん、わかりますか？　ダンジョンの魔力がなかなか良くて、いつもよりなんだか調子がいいんですよ。ずっと腰痛が酷《ひど》かったんですけど、最近は痛みもやわらいでる気がするんですよね」

へぇー、ドラゴンも腰痛とかあるんだね……。

「腰痛ですか、大変なんですね……。ひょっとして結構なお歳だったんですか？」

クネス大師の年齢っていくつぐらいなんだろうか。見た目だけで判断できないドラゴン年齢。

「あー、私の年齢は見た目通りの、確か……六百歳ぐらいでしたかな。あんまり覚えてないんですけどね。以前の住処《すみか》が龍脈《りゅうみゃく》の移動で消滅してからここ二百年ぐらいは気苦労《きぐろう》も多くて、一気に老け込んじゃいました。あは、あはははっ」

見た目でわからないから疑問だったんだけど、ドラゴンにとって六百歳がどのぐらいの年代なのかもわからない。

ほらっ、アドニスもどう反応していいかわからなそうな顔しちゃってるじゃないか。

とりあえず話の流れを元に戻そう。

「例の情報収集の件だけど、どんな感じなのかな。こちらで手伝えそうなこととか何かある？」

「本格的な稼働は私が導師《どうし》になってからなので、まだ何が必要かはわかりませんね。一応クネス派の信者にはすでに号令をかけていますので、それぞれ、貴族家の下働きとして潜入させる手立てとなっています。入り込むのが難しい場所については、私の分身体が情報を取って参ります」

「うむ。そういうことであれば、王家にも手伝えそうなことはあるか。能力のある者で侍従や執事として入り込める可能性があるなら、養子縁組などして家柄を整えさせよう」

「なるほど。確かにその方が集められる情報も増やせますね。最悪の場合は面接時に眠らせて有利に進めようと思っておりましたが……やはりその方が無難ですよね」

ちょっと闇属性の黒い部分が見えた気がした。あとで聞いた話だと、眠らせるといってもそこまで強力に作用するものではないらしく、対象者の気持ちを少し揺り動かす程度の効果とのこと。闇属性魔法というのは一見万能に見えるけど、その分効果が伴《ともな》わないものが多いようだ。

それでも使い方によっては補助的に効果を高めることもできるだろうし、戦闘において敵の隙《すき》を突くには十分すぎるものだとは思う。

僕としては、クネス大師みたいに闇に潜《もぐ》ったり、収納機能のあったりする魔法というのは憧れてしまう。

あとで教えてもらう予定なので、とても楽しみにしている。

「王家の暗部も数名、ゴズラー教の教会へ向かわせる。金や武力など必要に応じて頼ってくれ。配置に関してはこちらも希望があるのだが」

「なるほどですね。それでは信者の多いこのエリアはいかがでしょうか。場所は王太子派と対立するリッテンバーグ伯爵領ですね」

ということでゴズラー教を傘下《さんか》に引き入れ、各地の情報網を手に入れるというミラクルにあっさりと成功してしまったのだった。

◇

宴《うたげ》の翌日は広場で夜を明かした人も多くいるようで、酔《よ》っ払《ぱら》いがいっぱい倒れている。冒険者が増えたせいか知らない人も多い。

セバスいわく、酒の消費量がかなり増えているそうでバーズガーデンへの発注数を大幅に増やしているとのこと。人が増えれば必要になってくるものも変わってくるということか。

この光景を見て改めて、駄目な大人にはならないように気をつけようと思う次第である。人はなぜ倒れるまで飲むのだろう。あー、無料だからか……。

「おお、小僧、おせぇーじゃねぇか。やっと飲みに来たのか。うぃっく」

そして、通常通りというか、朝まで飲んでも潰れていないアル中軍団だけが元気そうにしている。こういう欲望に忠実なところが、ドワーフのドワーフたる所以《ゆえん》なのだろう。

「ミスリルの剣はちゃんと打ってたんだろうね？」

「なんでぃ、いきなり仕事の話とは無粋《ぶすい》じゃねぇか。なぁ、ノルド」

「そうじゃな、ベルド。まぁ、小僧も一杯飲もうや」

そう言って差し出してきたのは紛《まぎ》れもないエール酒。こいつらとうとう脳みそまでいかれたらしい。

「僕はまだお酒が飲めない年齢なんだよ」

「そいつはハチミツで割ったやつだから、ほぼジュースみたいなもんじゃわい」

エール酒にハチミツを混ぜるとは、一応気を遣っているということか。ドワーフはアルコール度数の高いお酒を好む傾向にあるから、このハチミツ割りは僕用に作ったカクテルなのだろう。

無下《むげ》にするのもなんなので、とりあえず一口ぐらいは付き合ってやるか。

「しょうがないな。乾杯だけだよ」

「おう、そうこなくっちゃのう」

「じゃあ、かんぱーい！　ぶふぉぉーああっ！」

口に入れた瞬間、熱い炎をそのまま突っ込まれたかのような衝撃で、思わず全部噴き出してしまった。

「ふぁっ、ふぁっ、ふはっ！　もったいないのう」

「見事騙《だま》されよったわい」

コップのふちに塗られたハチミツの香りでまんまと騙されてしまった。こいつら人の好意を……。

「十二歳の子供に対するいたずらのレベルを超えてるだろ！」

「すまん、すまん。小僧に会うのが久し振りだったしのう。それに小僧が十二歳というのは信じられんのよ。なぁ、ノルド」

「そうじゃのう、ベルド。こやつの頭脳は悠久《ゆうきゅう》の時を生きたエルフのようじゃ。それに例の草かポーションを飲めばすぐに回復するんじゃろ」

草って、デトキシ草ね……。ドワーフにとっては、毒消しポーションやその原料であるデトキシ草は天敵であるかのような扱いだ。酔っていた気持ちいい気分を、すぐに取り除かれてしまうかららしい。

それにしても、こんな小さな見た目の僕が成人なわけないだろ。頭は前世の知識込みで結構な年齢かもしれないけど、体は間違いなく子供なんだ。

「まったく、思わず飲み込まなくて良かったよ」

エール酒のハチミツ割りと思われたのは、アルコール度数の高いドワーフ族秘蔵《ひぞう》の火酒《かしゅ》の一種でフレイムスピリッツとのこと。

火酒とは名前の通りアルコール度数の高さから来ており、火をつけられるほどアルコール濃度が高い酒だ。

「それからのう、ミスリルの剣じゃが」

「うむ、結構いい代物《しろもの》が完成したぞい」

「おおー、ちゃんと打ってたんだね」

「当たり前じゃ。ドワーフは酒も好きじゃが、鍛冶《かじ》も好きなんじゃ」

「特に材料がミスリルとなると、そうそう扱える代物でもないからのう。寝る間を惜しんで造ってしまったわい」

寝る間は惜しんでも、きっと酒の時間は削ってはいない。それがドワーフという種族だということを僕は知っている。

「嬢《じょう》ちゃん用の細いのとは違った、武骨《ぶこつ》で荒々しい感じに仕上がったぞい」

「うむ、自信作じゃ」

この兄弟からこういうコメントが出てくるのは珍しい。きっとそれなりの業物《わざもの》が完成したのだろう。

「見せてもらってもいい？」

「おいっ、例のやつを持ってこい。落とすんじゃねぇぞ」

「へいっ！」

新入りと思われるドワーフに工房へ取りに行かせるノルド。

そうして持ってきた剣は、大きなロングソード。白く輝く綺麗な剣だ。

「この、白いのは……」

「ミスリルの量が限られているからのう」

「ミノタウロスの角《つの》を加工して補強してみたのじゃよ」

ミノタウロス。ダンジョン二階層のドロップアイテムか。

「うん、悪くないんじゃないかな」

「今後もいろいろ試しながら造る感じで大丈夫か？」

「魔の森の魔物の素材でも組み合わせを考えてみたいのじゃ」

新作三本についてはウォーレン王に捧《ささ》げることが決まっている。三本それぞれ特徴のある剣であれば面白いかもしれない。

その後の貴族向けの分を考えると、注文を受ける際にある程度希望に沿った形で打ってあげるのもありだろう。

「で、次はどんな素材を考えてるの？」

「やはりマーダークロコダイルの皮がいいと思うんじゃよ」

「うむ、あの皮は強度もあるし加工もしやすい。あとは、レッドマンティスの刃を組み合わせるのはどうじゃ？」

「レッドマンティスの刃は魔力の通りがいいからミスリルとの相性はいいかもしれんな」

強度があって加工しやすい皮と魔力の通りのいい刃か。

「なら、次はその二つを造ろう。マーダークロコダイルの剣は一般的なブロードソードタイプで持ち手も皮で加工しよう。レッドマンティスは魔法剣として魔法媒体としても使用できる物にしてもらいたい」

「また小僧が無茶苦茶を言いよるぞ」

「しかし、ブロードソードに、魔法剣と来たか……面白そうじゃのう」

「まぁ、確かに面白そうではあるのう」

「やるか」

「おうよ。最高の剣を打ってやろうじゃねぇか！」

いい感じでドワーフ魂に火をつけることができたので、あとは任せておけば業物が仕上がってくるはず。

ドワーフ軍団はみんな興奮と気合いの入った表情で工房へと向かってしまった。寝てないけどいつものことだよね。期待してるよ、アル中軍団。

2　闇属性魔法のお勉強

「なるほど、素材の組み合わせで剣を造るのですか。それならば、私の鱗《うろこ》を提供いたしましょう」

「ク、クネス大師!?」

急に後ろから現れるのはやめてもらえないだろうか。怖いから。

「最近、抜け鱗が多くてですね。ドラゴンに追われたり、導師選挙でバタバタしてたからというのもあるのですが、やはり精神的にも不安定だったようです。早くダンジョンに戻ってのんびり過ごしたいところですね。あっ、とりあえずこれ二十枚ほどありますのでどうぞお使いください」

そう言って手渡されたのは漆黒《しっこく》のどデカい鱗。ネシ子の鱗を国宝にすると言っていたウォーレン王がこれを見たら卒倒《そっとう》することだろう。

というか、こんな素材を見せたらドワーフたちのテンションがまたすごいことになりそうだ。国に届ける三本はミノタウロスタイプのロングソード、クロコダイル皮のブロードソード、そしてダークネスドラゴンの剣にしようかな。ダークネスドラゴンの剣は国宝級の扱いになるのがほぼ確定だろう。

そしてレッドマンティスの魔法剣についてはアドニス王太子とオウル兄様、それからホーク兄様用に造らせよう。こちらは魔法との相性が良さそうだし喜ばれるはずだ。

「あっ、クネス大師に相談があったんですけど」

「はい、なんでしょう?」

「実は僕、闇属性魔法に興味がありまして」

「おお、それは素晴らしい。私で良ければお教えしましょう」

「おっ、結構簡単に教えてくれるんですね」

「もちろん、クロウさんは特別ですよ。といっても、闇属性魔法というのは癖《くせ》が強いので習得できるかどうかは微妙なんですけどね……」

ダークネスドラゴンとしては闇属性魔法を盛り上げていきたい気持ちが強いものの、闇属性スキル持ちの魔物や人に会ったこともなく諦めていたとのこと。

確かに闇属性スキルとか僕も聞いたことがない。クネス大師の魔法を見ていると、影の中に潜んだり、身代わりとなる魔物を作り出したりとトリッキーな印象が強い。

「ちなみにですけど、分身体というのは？」

「あー、分身体はダークネスドラゴン固有のスキルなので無理ですね」

そうだよね。僕としても同じことができるイメージがまったく浮かばない。数十人規模で独立した思考を維持するとか、普通の人には無理があるんじゃないかな。そんなの絶対に脳が死んじゃうから。

「やっぱりそうですよね。僕がいっぱいいれば、みんなに仕事させて休めると思ったんですけど」

「なるほどですね。でもそんなに甘くないですよ。分身体を動かすのも、本体にはそれなりに疲労が蓄積されますので……」

だからいつもそんなに顔色が悪いのだろう。クネス大師の死んだような目も闇属性ならではなのかもしれない。

「と言ってもそんなに心配しないでくださいね。今の人数ぐらいなら慢性的な頭痛がする程度なので問題ではないですから」

それは本当に問題がないのだろうか。僕は本当に闇属性魔法を学んでも平気なのだろうか。いささか心配にならなくもない。

「あの、良ければ僕のポーションを定期的にお渡しするので飲んでくださいね。少しは頭痛も良くなるかと思いますし」

「それはありがたい。クロウさんのおかげで長生きできそうです」

すでに何百年も生きてるドラゴンにも長生きしたいという気持ちがあるのか。

「さて、ここでは目立ってしまうので場所を移動しましょうか。やはり魔法の練習をするならダンジョンがいいですね。クロウさん、私の影に入ってもらえますか？」

「あっ、はい。お願いします」

◇

影に入るのは二回目だけど不思議な感覚だ。

足を乗せるとぬめっと沈み込んでいく。なんとも気持ち悪い感覚が底なし沼のように感じられ、大丈夫なのかと不安にさせられる。

影の中に入っていくと、前回とは違って少し余裕があるからなのか、いろいろなアイテムがあることに気づいた。

暗くて見えづらくはあるものの、それは袋に詰められた荷物だったり、抜け落ちた鱗だったり、食料のような物や、選挙戦で使用されると思われるクネス大師の顔が描かれたポスターなどが整理されて置かれている。

なるほど、この移動手段と収納機能は同じ魔法なのかもしれない。生きている人が入れるということは、時間の停止などの効果はなさそうだ。


「はい、到着しました。こちらダンジョンの四階層です」

見覚えのある景色は、初めてシェルビーと会った場所だ。

手入れされた庭園に魔物の石像がある。変わったところといえば、新しくダークネスドラゴンの石像が追加されていることぐらいか。

「さて、どのように闇属性を知ってもらいましょうか。錬金術で他属性の魔法を扱う時はどのようにされているのですか？」

「例えば土属性の場合なら、地面の土を触り魔力を流して干渉していきます。水や風も同じようにやりますね」

「つまり、体内で属性別に変化させずに体の外側で変化させているということですか、なるほど、なるほど」

何やら思案顔のクネス大師。精霊さんやネシ子のように、イメージをドーンって教えられるだけの指導方法だと困るのだけど、クネス大師はどうだろうか。

「最初はクロウさんが実際に体験している闇属性魔法がイメージしやすいと思うんですよね。なので、まずはシャドウインベントリから挑戦してみましょうか」

シャドウインベントリ。それは、アイテムボックス的なもので、僕が一番覚えたい闇属性魔法の一つだ。

「この魔法って、さっき移動した魔法ですよね？」

「はい、そうです。そしてご存知《ぞんじ》かと思いますが、収納機能もあります。でも自分自身がこの中に入って移動することはできません。それはまた別の魔法になります」

なるほど、自分が移動できるのは別の魔法になるのか。あと、さっきまでそこにいたのでお金や鱗など、もろもろが保管されているのは知っている。

「結構な広さがありましたね」

「広さに関しては扱う者によって変わるのでなんとも言えません。私は割と広い方だと思うんですけど、クロウさんも同じぐらいはいけるのではないかと思っています」

どうやらシャドウインベントリの広さは、魔力量の多さとセンスによるとのこと。魔力量が多い僕にはプラスだけど、闇属性のセンスがあるかどうかはわからない。

そして残念なことに、インベントリ内の時間は外の時間と同じように経過するとのこと。つまり、生ものとか入れっぱなしにしてしまうと、腐ってしまうから注意が必要らしい。いつの間にやら悪臭でインベントリ内が酷いことになるとのこと。これは気をつけなければならない。

「何やら楽しそうなことをしてるじゃないか。ボクも交ぜてよ」

そこへやってきたのは、普段は三階層の拠点でぐーたらしているダンジョンマスターのシェルビー。やはりダンジョン内でのことなら何が起こっているのか把握しているのだろう。

「そういえばシェルビーって魔法使えるの？」

「使えないよ。ボクは戦闘タイプではないからね」

そう言って自分の頭をツンツンと叩いてみせる。自分が頭脳派だとでも思っているのだろうか。

まあ、ダンジョンマスターにもいろいろ種類があるということなのだろう。

「それじゃあ、あんまり楽しくないかもよ。今からやるのは闇属性魔法の勉強会だからね」

「なんだ、魔法かー。それならボクには意味がないね。でも、面白そうだから見学することにするよ」

そう言うと、どこから持ってきたのかレジャーシートを敷き、お弁当を並べ始めた。完全にピクニック気分だ。

この子、すっかり拠点グルメを満喫しているよね。ラリバードの卵サンドをメインにミルクパスタやお惣菜《そうざい》が並ぶ。水筒の中身はおそらくミノタウロスからドロップしたミルクをハチミツで割ったハチミツミルクだろう。拠点における最近の流行《はや》りらしく、甘みとコクがあってとっても美味しい。

ダンジョン内では水が貴重品になるが、二階層でミルクがドロップするので何気に助かっている。とはいえミルクに含まれる水分量はそこまで多くはないので、拠点で提供する定食にはサービスでお水を出すことにしている。

ダンジョン探索をしてくれる冒険者へのサービスは大事なのだ。彼らの拾うドロップアイテムがお金となって蓄積していくのだから。

「一緒に食べるかい?」

「そうだね。もらってもいい?」

レジャーシートの上の料理は、とてもシェルビー一人で食べ切れる量ではない。友達のいない彼女的には、僕やクネス大師の分もあらかじめ持ってきていたのだろう。

「クネスさんもどうぞ」

「私もよろしいのですか?」

「うん、だってクロウが休憩するんだからクネスさんもやることないでしょ。それに、ほら、いっぱい持ってきちゃったからさ」

「では私もご一緒させてください。実は人の食べる物は好きなんですよ」

「なら、この卵サンドから食べるといいよ。新鮮なラリバードの卵を使ってるから味も濃くて美味しいんだよ。ボクのお気に入りベスト三位に入っているんだ」

一位と二位はなんだろうか。シャトーブリアンがそこに入っているのは確かだろう。

それにしても、このエリアは魔物が出現しないのでピクニックにはちょうどいい。陽気も心地よく、なんなら少しぐらいは昼寝をしてもいいかもしれない。

「ねぇ、シェルビー」

「なんだい？」

「たまにはここに昼寝をしに来てもいいかな？」

「ダンジョンに昼寝をしに来るとは豪胆《ごうたん》だね」

「ネスト村も自治区になっちゃって、なんとなく働かないといけない空気があってさ」

「あー、なるほど。つまりはあれか、クロウは秘密の隠《かく》れ家《が》を欲《ほっ》しているんだね」

秘密の隠れ家か。確かにそういうやつかもしれない。領主の館にはローズやネシ子が勝手に入ってくるし、アドニスに呼ばれたらすぐにネスト城に行かなきゃならないかもしれないし。

なんと言うか、仕事するふりをしつつ心休まる秘密の隠れ家が必要なのだ。

「うん、そうかもしれない」

「でも、ここはボクの庭園だからなー」

「そ、そこをなんとか。頼むよ、シェルビー。ダンジョンならいろいろ理由をつけて来やすいんだってば」

「もーう、しょうがないな。でも、ここに家を建てたりベッドを持ってくるのはダメだよ」

なぜか心を読まれた気がする。

「わかったよ。芝生《しばふ》の上でごろごろするのも悪くないからね」

「そういうことなら許可を出そう。ここで飲み食いしてもいいけどちゃんとゴミは持ち帰ってよね」

そう言いながらどこか楽しそうに見えるシェルビー。ぼっちの君にとっても友達が遊びに来ることは満更でもないということなのだろう。

もう一つぐらい隠れ家を持ちたいところではあるけど、魔の森は危険だし、自治区周辺は精霊さんもいるからすぐにバレてしまうと思う。そう簡単にはいかないのだ。


さて、休息もとれたし、そろそろ闇属性魔法を習得しようか。

闇属性魔法というのは他の属性と比較してもイメージがかなり重要になるらしい。そもそも闇というのは実態のないものであって、攻撃魔法として使う場合などは通常の魔法よりも多く魔力が必要になるそうで、その燃費はかなり悪いそうだ。

例えば一般的な攻撃魔法でダークアローという闇の矢を放つものがあるのだけど、矢の実体化や強度を保つためにプラスアルファで魔力が消費されていくのだそうだ。

「つまり、魔力消費だけで考えても普通の攻撃魔法でも約三倍ぐらいで、イメージ力も必要になるんですよね」

「それはまた不遇な属性ですね」

「はい、一般受けしない属性ですね。私がドラゴンで魔力を大量に保有してなければグレてます」

闇属性魔法がなんとなく身近に感じてしまうのは、不遇と呼ばれた錬金術スキルを僕が持っているからだろう。

しかしながら不遇といっても、闇属性魔法は魔力とイメージさえしっかりあればちゃんと扱えるらしい。

つまり、精霊魔法なんかよりはスムーズに習得できるのではないかと思う。

「闇属性魔法の基本は、闇を身近に置いておくこと。夜だと真っ暗で闇が多いのですが、今みたいに昼間だと闇を感じることが難しいのです。なので、基本的に私は昼が苦手です」

そう言ってクネス大師が魔力を流したのは、自分自身の影だ。

この庭園には光が差しているものの、影となるようなものは少ない。こういう時に使い勝手がいいのが自身の影ということなのだろう。

「光と闇は真逆のものではありますが、光がなければ闇は生まれません。闇属性を操る際は、どこに光があって闇があるのかを常に感じることが重要なのです」

クネス大師の影が揺らぐと、まるで水分でも含んだかのようにぷっくりと膨れ上がった。

「影に魔力を流し込み、インベントリを呼び出します。クロウさんの場合は、最初にインベントリ内の空間を作り上げ固定する作業が必要になりますが、一度固定してしまえば次から呼び出すだけで物をしまっておけます。あっ、でもあまり大きな物を入れっぱなしにすると魔力消費もあるので注意が必要です。では、同じようにやってみてください」

自分の影に魔力を流し込んで、インベントリのイメージを作り上げる。クネス大師のシャドウインベントリのように、暗闇の中に広がる大きな部屋を想像すればいいか。

で、その部屋を固定する？

「部屋は広がりきるまで限界まで拡張してください。これ以上広がらないところまでいくと勝手に固定されます」

なるほど、部屋がどんどん広がっていく。

まるで止まる気配がない。

「本当に勝手に止まるんですか？」

「は、はい、止まる……はずです。あ、あれっ、すごいですね、クロウさん……」

「あっ、見えてますか？」

「え、ええ。ドラゴンである私の三倍以上のインベントリが固定されていくのを……」

僕の魔力量が多いといっても、それは人と比べて多いのであって、当たり前だけどドラゴンと比較したら少ない。

ということは、魔力量以外の部分が作用した結果ということなのだろうか。

「何かをイメージするのは錬金術スキルで慣れているんですよ」

「なるほど。錬金術と闇属性は意外に親和性が高いのかもしれませんね。でも、これは単純な魔力やイメージだけではないでしょうね。魔力の質もとても良いのでしょう。アイスドラゴンが気に入るわけですね」

人を龍脈《りゅうみゃく》のように言わないでもらいたい。

しかしながら、ドラゴンに気に入られる魔力を持っているというのは悪くない。今後、次なるドラゴンが現れないとも言いきれないからね。

ドラゴンを相手にする時に、殺し合いにならず会話から始められる可能性が高ければ僕の寿命が延びることに繋《つな》がる。そういう意味では、気に入られやすい魔力というのは武器でもある。

こうして辺境をのんびり開拓できているのも、命あってのことなのだから。

まあ、今の自治区には精霊さんもいるし、何かあればドラゴン二体が助けてくれるはず。それに、ギガントが二体いるし、ゴーレム隊の遠距離からのバリスタ攻撃も脅威になるだろう。

また、ネシ子と殺し合いをした頃と比べると、僕の戦闘力も何十倍に上がっている。今ならネシ子やクネス大師の助けがなくても、ドラゴン一体であれば倒せるかもしれない。

「な、何か、不吉なことを考えていませんでしたか？」

「不吉なこと？　い、いえ、全然……」

ドラゴンを倒せるかもしれないなど、思い上がり甚《はなは》だしいことを考えてしまったからだろうか。

クネス大師が出会った頃の不健康そうな青い顔をしてしまっている。

「あっ、インベントリ内の固定化が終わりましたね。何か大きな物でも入れてみましょうか」

大きな物といっても、この庭園に何か入れても怒られない物なんて何もない。勝手に石像を収納したらシェルビーに怒られそうだし。

「でも、大きな物って何を入れたらいいでしょうか」

「このインベントリのサイズならドラゴン化した私が入ってもおつりが来そうな広さですね。私が入ってみてもよろしいでしょうか。なにぶん、闇属性を使える人に出会ったことがなくて、誰かのシャドウインベントリ内に入るのが夢だったんですよ」

「へ、へぇー」

なぜこんなことにワクワクしているのかわからないけど、クネス大師が入ってくれるのであれば何か問題があった場合でも指摘してもらえそうで助かる。

「では、入らせてもらいますね。あっ、影をもう少し広げてもらえますか。ドラゴンサイズだとちょっと厳しいので」

いつの間にやらダークネスドラゴンになっていたクネス大師が、我慢できなさそうに足をうずうずとさせている。

「この影って広げられるんですか？」

「はい、見た目は小さいですが、その奥行きは無限です。魔力が尽きない限り広げられます」

なるほど、このあたりも想像力なのかもしれない。

ダークネスドラゴンが入れるように魔力に干渉しながら「広がれー」っとイメージをすると、庭園すべてを覆うかのように真っ黒い闇が小さな海のようにズババーンと波打ちながら拡大してしまった。

「はわわっ！　い、いきなりなんなんだよ。何かやる時は前もって言ってくれるかなクロウ」

「ご、ごめん。僕もこんなに広がるとは思わなかったんだよ」

若干、シェルビーのハチミツミルクがこぼれてしまったが、あとは大丈夫そうなので許してほしい。

「まったく、頼むよ」

そうして、また集中して影の大きさを調節すると、クネス大師は楽しそうに沈んでいく。

「では、行ってまいります」

あっさりと迷いなく飛び込むダークネスドラゴン。

そして、一瞬で何かに驚いたかのように出てきた。

「あ、あの、インベントリ内に空気がないんですけど、というか時が止まっているっぽいんですけど！」

僕のイメージするインベントリは、ゲームやラノベにあるようなもの。勝手に時間の経過しないものをイメージして、それが奇跡的に完成してしまったのかもしれない。

「す、すみません。そんなつもりはなかったんですけど」

「あっ、いえ、こちらこそ、とり乱しました。それにしても、これはすごいことですよ。衝撃ですっ！　まるで不遇な闇属性魔法に光が差しているというかですね、とにかく闇なのに光差しちゃってるんですよ！」

急に早口になったダークネスドラゴンがすごく前のめりだ。

「そうですね。食料や魔物の素材なんかを保存できますもんね」

すると、違うとばかりに手を広げるダークネスドラゴン。

「いえ、このシャドウインベントリは簡単に魔物を殺すことができます。クロウさんが広げた影のエリアにいる魔物は一瞬で空気のないインベントリ内に閉じ込められ、数分以内に息を吸えずに死に絶えるでしょう」

「えっ？」

「中に入ったのがたまたま私だったからなんとか脱出できましたけど、誰か人を入れていたら危険だったかもしれませんね。今の脱出に要した魔力は私の約半分です。ドラゴンの半分近くもの魔力がある人なんてクロウさん以外ではいませんよね？」

僕の魔力はドラゴンの半分ぐらいあるらしい。ここしばらく魔力が切れたことはないけど、かなり増えていたようだ。

実のところ、まだ増えていきそうな気がしないでもない。僕まだ十二歳だしね、ネシ子との契約効果で寿命もたっぷり延びてるから伸びしろもかなりあるだろう。

「知らなかったとはいえ、申し訳ございませんでした」

「あっ、いえ、クロウさんも知らなかったことなのですからしょうがないです。いやー、久し振りに死ぬかと思いましたよー。ははっ、ははは」

シャドウインベントリから脱出するには、インベントリの広さと作った本人の魔力量とが関係し、出られたり出れなかったりするとのこと。クネス大師のシャドウインベントリの場合、僕なら二十パーセント程度の魔力で出ることが可能らしい。

仕組みはよくわからないけど、僕のシャドウインベントリには人を入れたらダメということがわかった。

「さっきも言いましたけど、インベントリ内の時間が止まっているということは、食材や討伐した魔物素材の保管に使えますよね」

「はい、言われてみれば確かにそうですね。新鮮なまま保存されますね。そもそも、魔物は倒さなくてもインベントリに収納してしまえば勝手に死にますけどね。私の半分以上の魔力を持った魔物以外ですけど」

このドラゴンは、どうしても時の止められるシャドウインベントリで魔物を殺したいらしい。

まあ、影を踏んだら殺されるとか、大抵の魔物がなすすべもなく討伐可能だろう。空を飛べる魔物とかはインベントリに納めるのは難しそうだけど、地上の魔物であれば確かに一網打尽《いちもうだじん》にできるかもしれない。

「でも、素早いタイプの魔物だと気味悪がってすぐに逃げちゃうかもしれないね」

「危機意識の高い魔物なら考えられなくもないですが、大抵の場合、魔物って脳筋タイプが多いですからね……。それに、昼なら多少は警戒するでしょうが、夜だと闇に紛れて自分が捕獲されたことにも気づかずに、いつの間にか死に絶えることでしょう」

そう言ってドラゴンからクネス大師の姿に戻ると、僕の手をとって懇願してきた。

「師匠《ししょう》、私に時の止まるシャドウインベントリを教えてください」

「ちょ、ちょっと待ってください」

闇属性魔法を教えてもらうのは僕であって、どちらかというとクネス大師の方が師匠なわけで。

そもそも、まだ魔法一つしか教わってないんだってば！

「師匠、ともに闇属性を盛り上げていきましょう。この属性にこんな可能性があったなんて！　私、今とっても感激しております！」

「そ、そうですか……」

それからもう一つだけ闇属性魔法を教えてもらったあと、今日のところは解散することになった。

クネス大師もシャドウインベントリの時間を止める練習をしたいとのことで、今後も定期的に勉強会を行うことが決定している。

「じゃあ、師匠。またのお越しをお待ちしています」

「いや、師匠って……」

手をぶんぶん振り、出会ってから一番の笑みを見せるクネス大師。

僕に教えられることとか本当にあるのだろうか。まあ、いいか。難しければそのうち諦めるだろう。気長《きなが》に考えればいい。ドラゴンの時間というのは流れる早さがのんびりしてそうだからね。

「それじゃあ、また！　シャドウハイド」

この魔法はクネス大師がサイレントダークネスのアジトからゴズラー教の総本山へと逃げる際に使用した闇属性魔法で、シャドウインベントリとも近いことから教えてもらった二番目の魔法。

闇を広げてインベントリ化したものがシャドウインベントリなら、こちらのシャドウハイドは自らの体を闇に潜り込ませて高速で移動することができる魔法だ。

二つの魔法の違いは、インベントリが物などをそのままを倉庫のように保管するのに対して、ハイドの方は自分自身を闇に溶け込ませるとでも言えばいいだろうか。体をスライムのようになめらかでふにゃふにゃな物に変えて影に潜む魔法なのだ。

シャドウハイドを使用すると自分の影の中に入ることができ、まるで水の中を高速で動くような感じで素早い移動が可能になる。もちろん息もできるし、影の中から周辺の景色も見えている。

「と言っても、慣れるまでは時間がかかりそうだよね」

今まで感じたことのないローアングルのせいで道に慣れていないと自分がどこにいるのかわからなくなってしまうのだ。

クネス大師は「こればっかりは慣れですね」とか言ってたから、しばらく移動はこれで慣れていこうと思う。そして何より楽だというのもある。僕が走るより何倍も早く動けるのだ。その分、魔力の消費は大きくなるけど、魔力量が多い僕にとってはなんの問題もない。

錬金術師にとって土や風という属性が扱いやすいものだったのだけど、闇もなかなか使用頻度が増えそうな魔法だ。影のない場所なんてないのだからね。

全体的に魔力消費量が欠点と言えるものの、魔力量をそこまで気にしない僕にはうってつけとも言える。

そんなことよりも、僕の欠点でもあった点を改善してくれるスピード移動やインベントリによる倉庫機能の方が何倍も喜ばしい。闇属性魔法万歳《ばんざい》！

やはり魔法は体力を使わなくていいから最高だ。これからは敵に囲まれても闇の中に逃げ込めるし、回り込んで魔物の後ろから魔法を放つことも可能。

ただ、ネシ子みたいに魔力の流れを敏感に感じるタイプは、僕の影がどこにいてどこへ移動しているかまでわかってしまうようなので楽観はできない。普通に魔法攻撃や物理攻撃もダメージは入ってしまうようなのだ。

できるかどうかわからないけど、ギガントゴーレムの操縦だって闇の中から行えば僕の安全性はかなり増すことだろう。

ただ、問題があるとしたら視点の確保か。このローアングルからギガントを動かすというのはどうしても無理がある。いつだったか、オークの軍勢を相手にした時のように群れの中へハリケーンするだけとかなら問題ないと思うけど。

◇

ということで、いろいろと考えごとをしていたら自治区まで戻ってきていた。まだ夜ご飯の時間には早そうなので、ドワーフたちの鍛冶の様子でも見てこようか。

何気にドワーフが来てから結構な日数が経つけど、僕の方から鍛冶場へお邪魔したことはない。酒臭さとかドワーフの体臭が染みついた工房に行くのがなんとなく嫌だったのだ。

広場から少し入って木々の間を抜けると、その場所は見える。消音のための土壁がいくつか建てられているものの、近づくと鉱物を叩く音が聞こえてくる。

「お邪魔するよー」

工房の入口辺りで声をかけるものの反応はもちろんない。

カーン、カーンと高い音があちらこちらから響いているせいで、誰も僕の声なんて聞こえていないのだろう。

工房へ入ると、熱気と酒臭さが充満していて一気に気持ち悪くなる。

今世《こんせ》の僕はアルコールが苦手なのだろうか。というか、なぜ換気をしないのか。錬金術師の工房との違いがありすぎるな。

そうして、一番奥にある鍛冶場に到達すると、ノルドとベルドが一心不乱にインゴットを叩いていた。

「ぬ、小僧か？」

「珍しいな、小僧がここに来るなんてのう」

「それは？」

「これはドラゴンの鱗とミスリルを合わせてみたものじゃよ」

ダークネスドラゴンの鱗の影響なのか、その石は漆黒に艶《つや》やかに輝く美しい色をしている。

「それで加工はできそうなの？」

「まだ配合の調整中じゃ」

「これだと鱗の分量が多すぎて上手くハンマーが入っていかん」

どうやらダークネスドラゴンの鱗が硬すぎて加工に苦戦しているようだ。

こんな時こそ僕の鑑定の出番なのではなかろうか。いいタイミングで来れて良かった。鱗もミスリルも数に限りがあるのだからね。

「鑑定、そこのインゴット」


【インゴットの失敗作】

ダークネスドラゴンの鱗二十パーセントとミスリル鉱石八十パーセントを混ぜ合わせたインゴッドの失敗作。加工に適した割合は鱗十六パーセントに対してミスリル八十四パーセント。


「どうなんじゃ？」

「もう少しでいける気はしているんじゃがのう」

「惜しかったね。鱗十六パーセントの重量に対してミスリル八十四パーセントの割合らしいよ。もう少しミスリルの分量を増やしてみて」

「そんなことがわかるのか！　ベルド」

「おう、やるぞ、ノルド」


新しいインゴッドはそれからすぐに完成して、ノルドが叩いていく。そのすぐ後ろにはベルドが控えていて、取り囲むように全ドワーフが見守っている。

カーン、カーン、カーン、カーン。

無言の空気の中、ノルドの叩くハンマーの音が高らかに響いていく。

叩いたり伸ばしたりを繰り返しながら徐々にその形が剣の姿へと変わっていく。

「ふぅー、かなり硬度が高いのう」

「これなら少し細くなっても耐久性に問題はないじゃろう。とにかく伸ばせるだけ伸ばすんじゃ」

「わかっとるわい」

カーン、カーン、カーン、カーン。

熱が下がると、ベルドが高温の火の中へ入れて再びノルドが叩いて伸ばしていく。

軽くて硬いとか、筋力のない僕とかにはもってこいだろう。僕が剣を使うつもりはこれっぽっちもないけども。

それでも単純な軽さで言えばローズが使っている剣が一番軽いようだ。鱗の硬度の分だけ、こちらの方が重みがあるのだろう。

「完成したらすぐに持っていく。それまで待っておれ」

「そうじゃのう。今は鍛冶に集中する時じゃ。ここからは小僧にできることは何もない」

「うん、わかった。楽しみにしてるよ」

ノルドとベルドの眼光が真っ赤に輝いている。これはアルコールで目が充血しているのか、それとも二徹目を迎えて目が死に始めているのか。いや、きっとこのミスリルの加工に心を燃やしているのだろう。そう信じたい……。

それにしても、ミスリルの剣についてはアル中兄弟のおかげですぐにウォーレン王へ三振りをお渡しできそうだ。

もう少し時間がかかるかと思ったけど、風の精霊さんからもらえるミスリルの量も増加傾向にあるらしい。いや、正確には大地の精霊さんからのだけど。

聞くところでは、かなりの本数のBランクポーションを購入しているとのこと。それによってミスリルの量も増えているのだとか。このペースでミスリルを提供してもらえるのであれば、オウル兄様とアドニス王太子の分もすぐに用意できそうだ。


そんなことを考えながら広場に戻ってくると、風の精霊が列をなして錬金術師の工房の前に並んでいた。そこではマリカが何人かの錬金術師とともに応対しているところだった。

「またすごい行列だね」

「あっ、クロウ様、おはようございます。風の精霊さんがポーションのまとめ買いをさせてほしいって」

「ま、まだ買うんだね。Bランクならいくらでも渡しちゃって構わないよ」

「はい、そのつもりです」

その分、錬金術師たちの仕事が増えるわけだけど、今は人数も増えたし、王都組も戻ってきたので再び量産体制に入れるだろう。

「クロウ、いつもポーションありがとうなの」

朝から元気な風の精霊の女王エルアリムがやってきた。

「こんなに買い込んでどうするの？」

「これからはこれぐらいのペースで買うから準備よろしくなの。今までは少し様子を見てたんだけど、大地の精霊も火の精霊も、もちろん風の精霊も自治区のことを正式に信用することになったのよ」

正式に信用とは、これまた一体どういうことだろうか。

「精霊と人は長い間お付き合いをしてこなかったの。だから引っ越しはしたものの、こちらはこちらでここの人たちやクロウのことを観察してたの」

なんでも精霊さんが引っ越しをしてから、火と大地と風の三者間会議をたびたび行っていたらしく、この度正式にゴーが出たとのことらしい。

「そ、それはありがとう。で、いいのかな？」

「勝手に観察してて、ごめんなさいなの。王都にも一緒に観察部隊を派遣してたの。ほらっ、ポーションがあるから長旅も可能なの」

「へ、へぇー、そうだったんだ」

「報告では、この国の王との関係性も良好だし、国としてもネスト村を自治区として他の貴族が手を出せないようにしてくれたの。だから私たちはこの関係が変わらない限りこの自治区への協力を惜しまないの。あと、旅にも出たいからポーションをいっぱい購入して代わりにミスリルを提供することにしたの」

なるほど、ミスリルを渡したことで悪いことをしないかとか見定めていたのかもしれない。あと、風の精霊さんが単純に旅をしたいからな気がしないでもない。この精霊さんは常に自由を求めているからね。

火の管理や子供向けのジェットコースターなどで、ここで暮らす人々や冒険者との関係性も良い。大地の精霊さんのおかげで作物の質も向上してるみたいだし、こちらとしてもかなり助かっている。僕としてもこの関係はこのまま維持していきたい。

「じゃあ、またねなの」

「うん、またね」

なんだか平和でいい感じになってきてる気がしないでもない。これがスローライフというやつなのかもしれない。生活水準も向上して、食にも困らない。お金はいくらでも稼げる状況だし、自治区としての仕事の管理はアドニスがしてくれる。僕のポジション、絶妙すぎるな。

そんな平和ボケな考えがダメだったのか。それともそんなことは関係なく巻き込まれてしまう体質なのかはわからない。さっき別れたばかりのクネス大師が急に僕の後ろから現れた。

「師匠、大変です。ゴズラー教の情報網にかかった問題を報告したところ、ウォーレン王から師匠に依頼が入りました！」

「ちょっ、クネス大師、急に後ろから現れるのはやめてよ」

「あー、ごめんなさい。いつもの癖で……そ、それよりも聞いてください、大変なんですよ」

3　獣人族の争い

　クネス大師の話によると、獣人族同士の争いが激化してしまい、リッテンバーグ伯爵領内の街道が封鎖されてしまっているとのこと。

　リッテンバーグ伯爵領といえば、敵対勢力であるヴィルトール侯爵派の急先鋒《きゅうせんぽう》である。海運で財を成した豊かな領で、発言においても影響力の高い貴族だ。

　そもそも、伯爵領周辺における揉め事なので外部がとやかく言う話ではないのだけど、ことリッテンバーグ伯爵領の街道が封鎖されることは王国としても見過ごせない問題が噴出することになる。

　そう、塩や胡椒《こしょう》、そしてスパイスの流通が止まってしまうのだ。食に彩《いろど》りをもたらすスパイスはすべての民にとって必要不可欠なもの。誰も味のしないスープでパンを食べたくない。

「まあ、スパイスの流通が滞《とどこお》るのは困るよね」

　物が入ってこないということは、うちの自治区にもスパイスが回ってこなくなるということ。それは僕としても困る。

「問題はそれだけではありません。現在揉めている辺りですが、魔法学校の生徒たちが実習で入っている森があるそうでして、身動きがとれなくなっているそうなんです」

ウォーレン王も他種族の争いなので介入すべきか悩んでいたところ、魔法学校の生徒の危機という口実《こうじつ》を手に入れたことでゴーが出たらしい。

「で、なんで騎士じゃなくて僕に話が回ってくるのかな？」

「騎士を動かすと大事《おおごと》になるから獣人族も警戒してしまうだろうと。なので、あくまでも旅の途中に騒動に巻き込まれた感じで獣人族たちの問題を上手く解決して、ついでに魔法学校の生徒の救出も頼むとのことです」

「ついでって……。というか、魔法学校の生徒って、もしかして」

「はい、師匠のお兄様であられるホーク様もその森で足止めされているとのことです」

「なるほど……」

身内も巻き込まれているのだから手伝いなさいということなのだろう。

「対立している獣人族は羊《ひつじ》族と狼《おおかみ》族です。クロウ様は先に魔法学校の生徒と合流してから、問題を解決するようにとのことです」

「ところで、どんなメンバーで向かえばいいのかな？」

「できる限り少人数でとのこと、ちなみに私はウォーレン王と情報の共有をするので不参加です。現地に分身体は向かわせますが、戦力にはなりません」

旅となる以上、魔力供給の契約をしているネシ子は連れていくことになる。あまり刺激したくないから、ギガントは持っていくわけにもいかない。

となると、ラヴィとあと一人ぐらいかな。

「わかったよ。アドニスやオウル兄様と相談してから決めることにする。急いだ方がいいんだよね？」

「はい、王都に近づかなければ空を飛んでもオッケーです。あと、街道沿いはなるべく避けてもらえればとのことです」

うん、高いところを飛べば大丈夫だね。

対立している羊族と狼族。そのエリアは大きな山と大きな川を挟み、雄大に広がる草原に分かれているらしい。問題となっている封鎖された道は深く切り立った渓谷《けいこく》の街道らしく、回り道のない一本道なのだそうだ。

山エリアは狼族のブラスト一族、草原は羊族のテンペスト一族が古くから縄張りにしているらしい。

テンペスト一族といえば、そう、ミルカ・テンペストだ。ローズと決勝で戦った双剣の獣人剣士。おそらくは彼女の故郷なのだろう。

狼族と羊族の争いと聞くと狼族が圧倒的有利に思えてしまうが、ここは異世界に住む獣人。羊族であるミルカの強さは相当なものだったと思うし、草食とか肉食とかあんまり関係ないのかもしれない。

というわけで、さっそく出発することになった。

話し合いの結果、僕が離れる以上アドニスは自治区にいなければならないため除外。

そして、まだ騎士団に入隊していないものの自治区での近衛騎士団のリーダー的な役割を担っているオウル兄様も除外。来たばかりだから、いろいろやることが多いんだよね。

「ローズお嬢様、ディアナはとても悲しいです」

結果として、ドラゴン以外の人たちはローズとラヴィだけとなった。今回に限っては人数を絞らなければならなかったので、ディアナはお留守番なのだ。

「しょうがないじゃない。疾風《しっぷう》の射手《しゃしゅ》に話をしておいたから、一緒にダンジョンへ行ってなさい。しっかり稼いでくるのよ」

「どうか、どうか、お早めのご帰還を」

「わ、わかったから、じゃあね」

急ぎの案件なので、すぐにドラゴンに乗っての出発となる。ネシ子の準備は万端のようで、早く乗れと言わんばかりに翼をバッサバッサさせている。

お見送りはオウル兄様とアドニス。あと、後ろの方にセバスが控えている。

「俺たちは行けないけど、ホーク兄がいるんだから問題ないだろ。まぁ、森だと火の扱いは微妙かもしれねぇけどさ」

「戻ってきたばかりなのに王室の依頼で申し訳ないね。でもスパイス関連は影響力が強いから上手く解決できることを祈ってるよ」

「はい、僕に何ができるかわかりませんが、ホーク兄様もいますし、最終手段としてネシ子もいるのでとりあえず頑張ってみます」

ネシ子頼みの解決はあくまでも最終手段だ。そういうゴリ押しでの解決はどこかで不平不満であったり歪《ゆが》みであったりが出てしまうからね。わだかまりが残ったままだと再び問題が発生してしまう。そうならずに解決できることを僕も祈っている。

「では、行ってきます」

◇

やはり空の旅はとても早い。馬車の旅なら数週間はかかるであろう距離をあっという間に短縮していくのだから。

「つまらんな、もう到着か。少し遠回りするか？」

空の旅を満喫しているのはネシ子も同様らしい。ご機嫌な様子で飛行を楽しんでいる。

「余計なことしなくていいから」

人の住むエリアだから大丈夫だとは思うけど、下手に別のドラゴンの縄張りに入ってしまったらスパイスどころの騒ぎではなくなってしまうのだ。ドラゴン大戦争だけは勘弁してもらいたい。誰も得しないから。

途中から街道沿いを避けて、海の上を飛んでいたので、大型の海洋生物とか刺激してしまわないかちょっと心配している。

それにしても、何気にこの世界で見る初めての海だ。空から見る海は広大で、どこまで続いているのだろうかと思うほどに先が見渡せない。この世界も陸より海の方が広いのかもしれない。

「これが海なのね……」

普段景色など気にしないローズも、初めて見る海には感動している。

「でも風がべたつくのが嫌ね。これが潮風《しおかぜ》っていうのかしら」

そうでもなかったらしい。

「あっ、何か跳ねてるわよ！」

水面を跳ねるようにしてイルカのような生物が追いかけてくる。ドラゴンに興味を持つとはあまり長生きできなそうなイルカさんたちだ。

少しは気分が晴れたのか、イルカさんに手を振りながら笑顔を見せるローズ。

女心というのはわからないものだ。感動したり、潮風に気分を悪くしたり、イルカさんを見てキャッキャする。

それにしても海か。

リッテンバーグ伯爵領は山も海も川も草原も広がる自然豊かな領地。なんともうらやましい。やはり海といえば魚だ。自治区では川魚しか食べられないだけに、この旅で焼き魚や可能ならお刺身とかも食べてみたい。醤油《しょうゆ》あるかな、魚醤でも構わないからあってほしい。あと、貝も食べたいな。アワビとかサザエとか網焼きしたい。

「お腹空いてきたね」

「さっき食べたばっかりじゃない。クロウはあんまり動かないからすぐに太るわよ」

「だ、大丈夫だよ。それにまだ成長期なんだから、少しぐらいぽっちゃりしてる方が健康的なんじゃないかな」

「ダイエットしたくなったらいつでも声をかけるといいわ。みっちり扱《しご》いてあげるから」

ニヤリと口角の上がる笑顔が怖い。昔のように剣で何度も転がされるのだろう。全身筋肉痛にさせられるダイエットだけは勘弁してもらいたい。僕は運動せずに痩《や》せたい派なのだ。

「魔法いっぱい使えばダイエットにならないかな」

「そんな話聞いたことないわよ。でも、魔法使いは頭を使うから甘い物を食べると魔法の質が向上するって聞いたことあるわ。最近、疾風の射手のサイファが固めた砂糖を持っているのを見たもの」

「へぇー、砂糖はまだ高価なのにね」

自治区では蜂蜜の採取やテンサイの栽培、果樹の育成もスタートしたことで甘味の幅が広がりつつある。もう少し時間が経てばその価格も徐々に下がってくるだろう。

それにしてもサイファが砂糖か。魔法を扱うことは脳を酷使《こくし》するということなる。そこまで気にしたことはなかったけど、検証してみてもいいかもしれない。錬金術師用にハチミツキャンディでも常備させようか。

不遇だった錬金術師の福利厚生については今後も手厚く整えたいと思っている。人数が増えたことで休みの日も増えてきてるし、自治区で活躍してもらっている間は最大限の手当《てあて》を与えてあげたい。そうすることで、錬金術師は夢のある職業になっていくのだ。

たかがキャンディ、されどキャンディなのだ。なんなら、錬金術師御用達《ごようたし》キャンディとして売り出してみるのもありだろう。王都での活躍で少しは錬金術師の立場は向上しているはず。これからは見向きもされなかった錬金術師のブランド力をもっと上げていこうと思うんだ。流れは変わりつつある。錬金術師の未来は明るい。

「うおっ！」

遠回りを許可されなかったネシ子が僕たちを驚かそうと水面ギリギリを飛行し始めた。楽しそうに泳いでいたイルカさんも警戒して水中深くに潜ってしまう。

そうしてこういう悪ふざけをしていると、想定通りというか、波の色が急に濃くなっていき、下から突き上げるように大きな触手が伸び上がってきた。

「ネシ子！」

「わかっておる」

特に慌てた様子もなく、ドラゴン姿のネシ子は伸びてきた触手を避けることもなくあっさりと食いちぎるとすぐに吐き出した。

「ぬるぬるして、生臭くて気持ち悪い……」

ネシ子が噛み切ったのは大型のイカの足と思われ、吸盤が付いていた。足の長さだけ見ても十メートル以上はある。

「焼くと美味しいと思うよ、それ」

あと、ちゃんとヌメリを取れば刺身でもいけるのではないだろうか。

「……とても信じられんな、うえぇぇ。早く口をゆすぎたい」

一方で足を噛みちぎられたイカさんは体の色を黒く変色させて警戒感を出してくるが、相手が空を飛ぶドラゴンともなれば敵わないと思ったのか、盛大に墨《すみ》を吐き出しては海中深くへと逃げていった。

「綺麗な海まで黒く汚して害しかないな。しかも匂いもきつい」

美味しいかどうかはわからないけど、とりあえずあの足は確保しておこう。

「シャドウインベントリ！」

「あれを本当に食べるつもりか？　我は絶対に食べないからな！」

バター醤油で焼いたらめちゃくちゃ美味しいんだからね。

「あっ、あの子たち戻ってきたわ」

一面がイカ墨だらけになった海からひょこっと顔を出すように再びイルカさんがやってきた。どうやらドラゴンを警戒していたわけではなく、あの巨大なイカから逃げていたらしい。

イルカさんは助けてくれたお礼を言うかのように飛び上がると、また海の中へと潜っていった。

「クロウ、口をゆすぎたいから、あそこの川で休憩するぞ」

「あー、うん。了解、了解」


僕たちが目指す場所は山と草原の中間地点になる、いにしえの森と呼ばれる古くから魔法学校の生徒向けに解放されている人の手が入った森だ。そろそろドラゴンライドは控えるべきだろう。ドラゴンのまま向かったら現場が混乱してしまうからね。

さて、このいにしえの森が危険かというと実はそうでもないらしい。地理的に山と草原に囲まれていることから、そこを縄張りとしている獣人族が魔物を定期的に狩ってくれるので魔法学校の生徒にちょうど良い魔物レベルに抑えられている。また、学校の先生方も定期的に管理しているので、強い個体といってもせいぜいDランクがいいところ。

Dランクの魔物といえばオークやワイルドファングが有名だろう。しかしここ、いにしえの森ではDランクのワイルドボア、Eランクのトレントがメインになるらしい。

ワイルドボアは牙《きば》の鋭いイノシシの魔物で猪突猛進《ちょとつもうしん》、その動きは焦らなければ読みやすく生徒でも対処可能らしい。

次にトレントだけど、木に擬態《ぎたい》する魔物で枝を鞭《むち》のようにしならせて攻撃してくる。基本的には擬態したまま攻撃してこないことがほとんどらしい。Eランクなので単純に弱いというのもあるのだけど、警戒心が強いようで人数が少なかったり、怪我をしている場合などに限り襲ってくるとのこと。

「ぷっはー！　ようやく生臭いのがとれたぞ」

人型に戻ったネシ子が川に頭ごと突っ込んで口をぶくぶくさせている。イカもあれだけ大きいと大味になってしまう可能性が……あるのだろうか。

美味しくなかったらどうしよう。醤油漬《づ》けにしたら美味しくなるかな。いや、そもそも醤油があるかどうかもわからない。まあ、駄目なら帰りの海に捨ててしまえばいいか。きっとイルカさんたちが食べてくれると思うんだ。

さて、ここから川沿いに下《くだ》っていくと渓谷道が出てくるのだが、そこは現在封鎖されてしまっている。なので、その手前からいにしえの森へ入る感じのルートになるだろう。

「ねぇ、クロウ。ホーク様は森のどこにいるかわかってるの？」

「わからないけど、そこそこの人数がいるんだからすぐにわかるんじゃないかな。あとは、ラヴィに期待かな」

「まあ、そうね。ラヴィ、頼むわよ」

「きゃう」

任せろと言わんばかりに頭をこすりつけてくる。もっと頭を撫《な》でろ、撫でたら撫でただけ働くよと言っているような気がしないでもない。

「でも、ホーク様がいて森から脱出ができないってどういうことなのかしら」

「そうなんだよね。脱出するぐらいならわけないと思うんだけど、きっとホーク兄様には何かしら考えがあるんじゃないかな」

賢者《けんじゃ》候補との呼び声高いホーク兄様がいるのだ。他の生徒がいるとしても森から出る程度のことで問題があるとは思えない。それほど危険な森でもないので生徒の多数が怪我をしている状況も考えづらい。

「会えば理由などわかるであろう。で、ワイルドボアは美味いのか?」

ネシ子の興味は獣人族の争い事でもホーク兄様の無事でもなく、ワイルドボアの肉にのみ注がれている。まあ、今回ネシ子に出番はないと思われるので、しょうがないといえばしょうがない。逆にネシ子が活躍するような事態が起こっているとなると僕もお手上げになる。

「森に入ったら適当に狩ってきたら? 肉はいくらでも僕が保管できるからさ。あっ、でも山とか草原の方は行ったらダメだよ」

「陰気臭《いんき》い闇属性魔法など覚えよってと思ったが、シャドウインベントリというのは意外と役に立つな」

ネシ子もちょっとした大きさのインベントリを使えるらしいけど、そのサイズはそこまで大きくない。ワイルドボアなら二体も入れたら満杯になるそうで、さらに現在その中身はお金しか入っていない。広場の屋台でよく使うからね。

「あの辺から、いにしえの森になるのかしら？」

「そうだね。ホーク兄様とすぐに合流できるといいんだけど」

「きゃう」

ラヴィが小さく吠えた方向には、腰を落として身を隠しながらもこちらの様子を窺《うかが》う魔法学校の生徒と思われる制服姿があった。ラヴィさんさっそくのご活躍である。

「どうやらすぐに合流できそうね」

僕たちの姿を確認したうえで、周りを気にするように警戒をしながら、二人組がこちらに手を振ってきている。

「向こうも僕たちを探していたということ？」

「さあ、どうでしょうね。話をすればわかるわ」

よくはわからないけど、向こうがこちらを探していたのならそれはそれで助かる。こちらは広い森の中でホーク兄様を探さなければならなかったのだから。

川の流れのゆるやかな場所を探して渡ると、向こう岸にいた魔法学校の生徒は片膝《かたひざ》を着き挨拶をしてきた。これはあれだ、貴族のご挨拶的なやつか。

「クロウ・エルドラド男爵とお見受けいたします」

「はい、そうです。あなたたちは魔法学校の生徒さんですね？」

「はい、ホーク様の指示でこちら側を見張っておりました。間もなくこの辺りにも狼族がやってきますので急ぎましょう」

「あっ、はい。あれっ、ホーク兄様の指示ですか」

「はい、ホーク様のいる場所までご案内いたします。どうぞこちらへ」

どうやら魔法学校の生徒をまとめているのはホーク兄様のようだ。

森に入ると、魔法学校の生徒たちが斥候《せっこう》部隊のように数名一組となって森の外を監視している。

「みなさんは一体何を……？」

「狼族に気づかれないように情報収集をしております。また、ここを通過しようとするキャラバン隊への事情説明などですね」

「みなさんはここで争いに巻き込まれたわけではなくて、情報を集めていたのですか？」

「巻き込まれたのは間違いありませんが、この状況を正確に把握して王国のために動こうとホーク様を中心に動いております」

「ホーク兄様が⁉　えーっと、魔法学校の先生は？」

「もともといにしえの森は危険な場所ではないので、先導する先生も二名しかいなくてですね……」

「ですので、一人は救援を呼びに王都へ。もう一人は力のない生徒を守るための拠点を造り、今は狼族と交渉に当たっているのですが、なかなか芳《かんば》しくないようでして……」

なるほど、人手が足りてないからホーク兄様が生徒のリーダーとして動いているのか。

「みなさんは？」

「多少は戦えると判断された者です。少なくともワイルドボアに後《おく》れを取ることはありません！」

いにしえの森は狼族の支配する山に囲まれており、出口は狼族が封鎖する街道に接していて、通行を許可してくれないらしい。

「わかりました。では、ホーク兄様のところへ案内をお願いします」

「はい、かしこまりました」

どうやらウォーレン王には魔法学校の先生からも情報が入っていたようだ。そして、僕を派遣するように進言したのはホーク兄様らしい。生徒の進言を採用してしまうとはすごいことだけど。まあ、それだけ賢者候補として名を馳《は》せているホーク兄様の実力が評価されているということなのだろう。

「みなさんはこの場所でどのぐらい過ごされているのですか？」

「えーっと、今日で七日目になりますね」

「食事は野草などの採取やワイルドボアを狩っているのでなんとか保《も》っています」

まさかのサバイバルな状況に若干疲れも見えている。なるべく早く解決してあげたいものだ。

「新鮮な野菜や食料、調味料なども持ってきていますので、みなさんで召し上がってくださいね」

「おお、久々に野菜を食べられるのですね！」

「ありがとうございます。やっと味のついた肉を食べられます」

こんなことで少しでも元気になってくれるならお安い御用だ。僕のシャドウインベントリには大量の食料を詰め込んである。さっそくこの闇属性魔法が役に立てたようで嬉しい。

◇

そうしてしばらく森の中を進んでいくと、生徒の数も増えてきて生活感の漂う臨時拠点のようなものが見えてきた。

拠点の場所は、大きな洞窟と少し大きめに切り開いた広場にあった。どうやらここで一週間近く生活していたらしい。服が干してあったり、ワイルドボアの骨や皮があったりと、本当にワイルドに暮らしていたのがありありとわかる。

すると、本当に七日も野宿をしていたのかと疑いたくなるようなイケメンが手を挙げてニカッと笑ってみせた。

「おお、クロウ。来るのを待っていたよ」

「ホーク兄様、大丈夫でしたか？」

「うん、問題はないよ。ただ封鎖されているだけで、攻撃を受けているわけではないからね」

「取り急ぎ食料を出します。どこに出しましょうか？」

「それはありがたい。では洞窟の中に頼むよ」

洞窟といってもそこまで広いものではないようで、奥行きは十メートルもない程度。なんとか雨風をしのぐぐらいのことしかできなさそうだ。

「みなさんの脱出を先にと思っていたのですが……」

街道は塞がれているものの、狼族も森全体をくまなく封鎖できるわけではないので、王都方面には行けなくてもリッテンバーグ伯爵領には避難できそうに思える。

「それはあとで構わないよ。ここにいるのはそれなりに優秀な生徒だからね。クロウの持ってきた食料も届いたわけだし、あと十日ぐらいなら問題なく耐えられるかな。それよりも、こちらで集めた情報をもとに獣人族の争いを解決してあげたい。力を貸してくれるか？」

「それはもちろんです」

「では、詳細を話そう」

リッテンバーグ伯爵領の隣地には二つの獣人族の縄張りがある。一つは羊族テンペスト一族の里、そしてもう一つは狼族ブラスト一族の山だ。

群れを大事にする羊族と単独行動を好み自由に動き回る狼族なのでもともと仲は良くないのだ

とか。

近年、人との関わりを重視してきた羊族が、スパイスなどを運ぶキャラバンを護衛することで裕福な暮らしをするようになってきたのだが、これを面白く思わなかったのが近隣で大きな勢力を誇る狼族だった。

俺たちにもその仕事を回せと。しかしながら、羊族はそれを断った。これは我々一族が長年人族との間に築き上げたものだからと。

狼族は魔物を狩りその素材や肉を売ることで日々の生活を送ってきた。ところが、勢力を拡大してきた羊族が森に入り魔物を狩るようになったらしくさらなる問題が発生した。

羊族にとって狩りはキャラバン護衛の一環で、周辺の安全を確保するための間引きだったのだが、狼族としては、自分たちの縄張りである山に無断で侵入し、糧《かて》である魔物の討伐までしているのは許せなかった。そうしてついにキャラバンの通り道である街道を封鎖してしまったのだとか。

「完全にこじれちゃってますね」

「もともと仲が良くないのに、貧富《ひんぷ》の差ができたせいで狼族の方がさらに感情的になっている。ここは先に羊族の話の方から聞いてみたらどうかと思うんだ」

「羊族と話ができるのですか!?」

「抜け道はなんとか用意した。羊族もこの封鎖が長引くことは良く思っていないから、話を聞いてくれるんじゃないかと思っている」

ここまで準備を進めておいて、なんで僕たちを待っていたのかを聞いたところ、ホーク兄様から思わぬ反応が返ってきた。

「自治区にいるオウルやアドニス王太子は、すぐにミスリルの剣を手に入れられるのだろう。だから僕は、クロウからもっと評価してもらえるように手助けをしようと思ったんだ」

「そ、そんなことしなくても、ホーク兄様の剣はすぐに準備しますよ。魔法媒体としても使用できる剣だって完成しましたからね」

「わかってるよ。でもね、クロウ。僕はオウルやローズのように、辺境で大変な思いをしてきたクロウの手助けを何もしていないんだ」

「ホーク兄様は魔法学校に通っていますし、それに大きな紅魔石《こうませき》をいただきました」

「でも、それだけなんだ。僕自身が何かをしたわけではないんだよ。今回の件はチャンスだと思ったんだ。学校を卒業したら、エルドラド家の跡を継ぐまで王宮に入って仕事をすることになる。そうなると、もうクロウと一緒に仕事をすることもないかもしれないんだ」

「ホーク兄様……」

「だから、これは兄としてクロウに対して今できることをしてあげたいのと……あと、本音を言うと、急成長したクロウと一緒に仕事をしたいっていう僕のわがままなんだ」

「は、はい、僕もホーク兄様とご一緒させていただくのは光栄です」

魔法使いになりたかった小さい僕の面倒を見てくれたのはいつもホーク兄様だった。体を鍛えるのが苦手でオウル兄様やローズから逃げては、ホーク兄様から魔法の話を聞くことが何よりの楽しみだった。

　僕が魔法に興味を持ったのはホーク兄様の影響が強い。ここ最近はなぜか剣術チームとの距離が近いものの、僕の所属はあくまでも体を動かさなくてもいい魔法使いチームだ。

　あっ、ホーク兄様は剣術の腕前もすごいけど、それは普通ではないからノーカウントとさせてもらう。

　さて、順番はどうあれウォーレン王にはゴズラー教からとリッテンバーグ伯爵から、そしてホーク兄様から、というか魔法学校から、それぞれ情報が入っていたということのようだ。

　そしてホーク兄様の情報から、ウォーレン王は僕の派遣が好ましいと判断したのだろう。狼族がただ街道を封鎖したという情報から、どうやら羊族との確執が問題らしいと提言した。

　当初の目的としては、魔法学校の生徒の救出が第一優先で、次に封鎖されている街道の解除、そして最後に獣人族の争いの解決。

　しかしながら、ホーク兄様と共闘するにあたり最大限の成果を残したいところ。つまり、僕たちの求めるものは根本の問題である争いの解決となる。

　あわよくばリッテンバーグ伯爵に恩を売っておきたいところでもあるけど、僕たちはこの場所にたまたまやってきた旅人という位置づけなのでそれは難しいかもしれない。まあ、何事も欲張るのはよくない。まずは羊族の話を聞いてこようか。

「僕たちが確保している森からの抜け道はこっちだよ。ヒートミラージュ・キャンセレーション！」

狼族に見つからないようにするには、それなりの工夫が必要になる。

ホーク兄様の魔法により、目の前にあった深い森が急に左右に開けていくと、小さな小路《こみち》が現れた。

とても繊細で美しい魔力の流れだ。小さい頃にはわからなかったけど、これがホーク兄様の魔法の実力。

一切無駄のないこの美しい魔法のすごさは今だからこそ理解することができる。これが賢者候補と呼ばれるホーク兄様の実力なのだ。

「ホーク兄様、この魔法は？」

「攻撃メインの火属性魔法にしては珍しいだろう。これはヒートミラージュといって熱によって幻覚を見せる魔法と、それを解除するヒートミラージュ・キャンセレーションという魔法だよ」

熱で蜃気楼《しんきろう》のようなものを生み出して周囲の景色を幻覚化させて、この小路を見えなくさせているということか。

「とても見事な魔法ですね」

「狼族はいない。今のうちに急いで森を抜けようか」

「はい」

森を抜けるとすぐに心地よい風とともに広大な草原が広がってくる。思っていたよりも羊族の縄張りは近かったらしい。

「しー。ストップだ、クロウ」

「えっ⁉」

前を進むホーク兄様が突然止まると、僕の口を押さえるようにして小さな声を出す。すると前方をゆっくりと指さした。

あ、あれは狼族の戦士。灰色とネイビーが混ざったような長い髪、そして狼族が持つ特徴的な武器である鉤爪《かぎつめ》。スピードとパワーを兼ね備えた狼族が得意とする武器だ。

「驚いたな……。羊族の縄張りにまで入ってきているのか。こちらが風下だ、このままやり過ごすよ」

「は、はい」

何かしらの違和感を覚えたようにしばらく周辺を確認しながらウロウロとしていた狼族の戦士だったが、何もないと判断したのかようやく立ち去ってくれた。

とりあえず一緒に隠れたものの、疑問に思ったらしいネシ子が僕に質問をしてきた。

「隠れずにあいつを倒した方が早いのではないか？」

「倒しちゃったら、この場所で何かあったことがバレちゃうでしょ」

「バレたらまずいのか？」

「話を聞いてなかったのかな。僕たちの役割は獣人族の問題を解決することなの。僕たちまで問題を起こしてどうするの！」

「むぅー、面倒くさいのう」

「頼むから大人しくしててよね」

「ほらっ、二人とも早く行くよ」

「あっ、すみませんホーク兄様。ネシ子、早く行こう」

こうして、僕たちはテンペスト一族の縄張りである草原エリアへと無事に入ることができたのだった。

◇

高低差のある丘をいくつか越えると、前方に白い布で覆われたテントのような物があちらこちらに見えてくる。

おそらくはあれが羊族の生活拠点なのだろう。やはり臨戦態勢ということもあってか、羊族の戦士たちも装備をして守りを固めている。

「たぶん、こちらのことは気づかれていると思う。隠れることなく進もう。テンペスト一族ならこちらを害するようなことはしないはずだから」

「わかりました。ネシ子もわかった？」

「解《げ》せぬ。なぜ我にだけ言うのだ。ローズとラヴィにも伝えた方がいいのではないか」

ローズはそんな馬鹿なことしないし、ラヴィも僕の指示を無視してまで暴走することはない。君だけが心配なんだよ。

すると、丘を下る僕たちを取り囲むようにして後方から数名の羊族の戦士と思われる部隊が近づいてきている。

「ホーク兄様！」

「うん、わかっている。手を出してはいけないよ」

彼らが僕たちの後方を塞ぐと、今度は前を塞ぐようにして別の羊族の戦士たちが現れた。

「そこの者たち、今すぐ止まれ。テンペスト一族の縄張りに何用だ！　今は緊急事態ゆえ、場合によっては痛い目を見ることになるぞ」

やはり狼族と争いをしている最中ということもあって羊族もピリピリしている。

するとこちらを見て、あわあわと驚愕の表情を浮かべている獣人の少女を見つけてしまった。まあ、羊族と、テンペストという名を聞いていた時点で、何かしら関わりがあるのはわかっていたんだけどね。

「ま、待って！　あなたは、ローズ!?　あと、その取り巻き！」

僕たちはローズの取り巻きではない。そして、このわちゃわちゃと騒ぐ羊族の女の子はミルカ・

テンペストだ。つい最近剣術大会でローズと決勝戦を戦っていたその人である。

「ちょうど良かったわ。あなたから私たちが怪しい者ではないということを説明してもらえないかしら」

敵意丸出しだった羊族の戦士たちもあわあわし始めている。

「お嬢の友達なのか」

「しかし、お嬢は貴族に裏切られて戻ってきたのではないのか」

「ということは、やはり敵か!?」

「と、友達ではないけど、あたしの知り合いであることは確かよ。長老のところまで案内するから、警戒を解きなさい」

「しかし、お嬢！」

「あたしがいいって言ってるの。あなたたちは他の場所を警戒しなさい」

「わ、わかりました」

お嬢と呼ばれるミルカ。やはりテンペスト一族の偉い血筋の人なのかもしれない。

「何か用があるんでしょ。ついてきなさい」

「案内してくれるの？」

「嫌ならすぐに追い返すけど」

「あっ、いえ、お願いします」

「まったく、あなたたちのせいで宝石も買ってもらえないし、デルビス様付きの剣士の仕事もクビになっちゃうし、実家に戻ったら大変なことになってるし！　本当あなたたちと出会ってから全然いいことないわ」

「そ、それは大変だったね……」

デルビスとは仲良くやっていたような気もするけど、ヴィルトール侯爵の方に嫌われたのかもしれない。

あれだけいろんな妨害工作をしたうえで完膚《かんぷ》なきまでにローズにやられたのだ。ヴィルトール侯爵もミルカに当たるしかなかったのだろう。

「そ、それで、なんとかしてくれるんでしょうね？」

「なんとかって？」

「狼族のブラスト一族よ！　あいつらをやっつけるために来たんでしょ」

「やっつけるとか、そういう物騒なことはなるべくしたくないんだけど」

「そう言う割に、メンバーは豪華じゃない。まあ、あんたはゴーレムがないから足手まといだろうけど」

ドラゴンのネシ子、剣術大会優勝のローズ、賢者候補のホーク兄様。それから、足手まといの男爵……。

僕の強さはギガントゴーレムだけではないんだからね。結構すごいポーションとか作れるし、あとはなんだ、壁を造ったり……それぐらいか。

「ここに、長老がいるわ。失礼のないようにしなさい。あと、本当に困ってるから、その、なんとかしなさいよね。……おじいちゃん、お客さんよー」


ひときわ大きなテントの布を捲《めく》り入っていくと、中央の椅子に座ったおじいちゃんがいた。この方がミルカのおじいちゃんでテンペスト一族の長老ということらしい。

「こんな時に客人とは珍しいのぉ。わしがテンペスト一族の長老ヤック・テンペストじゃ。して、そなたたちは？」

なんと話をしたものかと思っていると、慣れた感じでホーク兄様が説明をしてくれた。

「私はエルドラド家の長兄ホーク・エルドラドと申します。実は魔法学校の生徒として、いにしえの森に入っていたのですが、此度《こたび》の封鎖により王都に戻れなくなってしまったのです」

「案ずることはあるまい。ブラスト一族も積荷は止めるじゃろうが、魔法学校の生徒を通さないということはあるまい。話せばわかるはずじゃよ」

「ええ、わかっております。しかしながら貴族に連《つら》なる者として、この事態を見て見ぬふりはできません。私たちはこのメンバーで問題を解決したいと思っているのです」

「ほぉー、子供らでこの問題を解決とな。テンペスト一族も舐《な》められたものじゃな」

「おじいちゃん！　この人たちは有力な貴族だし、そ、その実力も確かよ。決勝で私に勝ったローズもいるし、それに、ド、ドラゴンもいるんだから」

「その有力な貴族にいいように騙されたのはミルカ、お前じゃろう。まったく、貴族に、えーっと、ドラゴン。ド、ド、ドラゴンじゃとぉ!?」

「ガオー!」

「ひ、ひぃー」

悪ふざけするネシ子に怯《おび》えて長老が椅子から転げ落ちてしまった。そういうのやめてもらえるかな、ネシ子さんよ。

今回のネシ子の役割はあくまでも最終手段であって、狼族にドラゴンハラスメントで言うことを聞かせるようなことは極力避けたい。

「ちょ、ちょっと、おじいちゃんは腰痛持ちなんだからね」

ヤック長老を助け起こすようにミルカがこちらを睨んでくる。

「ごめんなさい。ほら、ネシ子も謝って」

「う、うむ、すまぬ。そんなに驚くとは思ってなかったのだ」

ちゃんと謝れるドラゴン偉い。やはり人社会で生活することでネシ子にも微妙な変化は訪れている模様。出会った頃なら腕ぐらい食べていた可能性だってあるのだ。

「それで、どのように解決しようと思っておるのじゃ。奴らは一方的に我らを脅迫してきたのじゃぞ」

この地域は人族と羊族そして狼族と三つの種族が互いに干渉せずに暮らしてきたのだけど、近年のスパイスビジネスの影響を受けて流れが大きく変わってしまった。

商人たちが運ぶ大量のスパイスを魔物から護衛するためにリッテンバーグ伯爵が声をかけたのが羊族だったのだ。護衛の依頼は格安だったものの、羊族としては十分すぎる報酬だった。

リッテンバーグ伯爵がヴィルトール侯爵にテンペスト一族との関係を後押ししたのも、おそらくこの商《あきな》いがあったからなのだろう。そうして、ミルカが剣術大会に参加する流れになったのだと思われる。

そして、この小さな商いはスパイスビジネスの成功とともに、二つの種族に大きな貧富の差を生み出すこととなった。

「最初、奴らはキャラバンを護衛するビジネスを馬鹿にしておったのじゃ。人にいいように雇われて獣人としての誇りを失ったとか言っておったの」

続けるようにミルカが説明を付け加える。

「でも最近、山の方も魔物の数が減っていたようで生活は苦しかったらしいの」

「冬を越すたびに一族の数も減らしていったのじゃろう。そこに、我らが豊かに暮らす生活やこのピカピカの宝石を身に着けている姿に嫉妬したのじゃよ」

ミルカとヤック長老は手や首に付けているピカピカの宝石をジャラジャラと見せてきた。まさに成金《なりきん》な羊族である。

まあ、こう見せつけるように付けられた宝石のピカピカが目に入ったら、狼族もイラッとするかもしれない。宝石とか裕福さの象徴だもんね。明日食べる物にも悩んでいた狼族からしたら火に油を注ぐようなもの。

「奴らは、我々が護衛任務のために緩衝《かんしょう》地帯である森までしか魔物の討伐をしておらんのに、山の縄張りに入ってきたと騒いでおる。約束を破ったのはそっちなのだから、護衛の任務を狼族にもやらせろともな。まったく話にならんわい」

「本当に山には入っていないのですか？」

「入っておらんわい」

「あっ、でもね、おじいちゃん。何人か調子に乗って山の方まで行ってしまったことがあるって言ってた……」

「な、なんじゃと！」

伝統的に狼族は狩りが上手く、昔から草原で暮らす羊族を軽く見ている節《ふし》があったのだとか。それはなんとなく羊族も感じていて嫌な気分だったのだけど、ここ最近で立場が変わったことで狼族に対して強気に出る若者も増えてきたらしい。

「まったく近頃の若者は……」

ここまで拗《こじ》れた関係を修復とかできるのだろうか。僕にはとても難しいように思える。

ホーク兄様がヤック長老の表情を窺うように質問をする。

「一応確認ですが、護衛の任務を二つの種族で分け合うという発想は？」

「ないのう。これは我ら一族が生きるために選択し、時間をかけて育ててきたものじゃ。慣れない貴族や商人とのやりとりも一から構築したものじゃ。上手くいってるからよこせというのはプラスト一族らしい傲慢《ごうまん》な考え方じゃな」

ヤック長老の言うことはもっともな話である。古くからの約束を破ってしまった羊族に非がないわけではないが、なんというか狼族に弱みを握られただけで、じゃあ成功したビジネスを半分よこせとは確かに言いすぎである。

「今後、羊族としてはどうするつもりですか？」

「これ以上街道を封鎖し続けるというなら、痛い目を見てもらわんとならぬ。伯爵とは、蛮族《ばんぞく》である狼族の討伐について相談をしておるところじゃ。こんなことは許されぬことじゃよ」

何か狼族との交渉にあたり譲歩《じょうほ》を引き出せないものかと考えてみたけど、そもそも羊族は被害者であるので難しい。そうなると縄張りへの不可侵を徹底してもらうことぐらいだろう。

「僕たちは何か解決方法がないかと思ったのですが……その、狼族の討伐とかについてはもう少し待っていただけませんか？」

「それは構わんが、我らも封鎖が続く限りお金を得る手段を失うのじゃ。そう長くは待てんよ」

早く解決をしないと人族羊族連合と狼族との争いに発展してしまう。まあ、そこまでの争い事の場合、さすがにウォーレン王の許可も必要だろうからそう早い展開にはならないとは思うけど……。

でも何が起こるかはわからない。なるべく早く解決しなければならないだろう。

ホーク兄様が話をまとめるようにヤック長老へ確認をする。

「羊族が求めることは街道の早期封鎖解除。その代わり狼族を刺激するような行動を慎《つつし》むことをお約束いただけますか？」

「うむ、それはこちらにも非があるようじゃからのう。しかしながら、此度の狼族の蛮行にはそれ相応の賠償は要求させてもらうつもりじゃよ」

羊族は狼族へ賠償を請求すると……。話がさらに重くなってしまったけど、これはしょうがない気もする。

「わかりました。では私たちはこれから狼族と話し合いをしてきましょう」

「奴らが話し合いに応じるとは思えんがのう。しかしながら、我ら獣人族のために動いてくれる人族のお方々、本来であれば我らで解決しなければならぬ問題を解決してくれるのであれば、わしの孫娘ミルカを嫁にやろうではないか」

ヤック長老は僕の方を見てそう話してきた。さすがに将来領地持ちとなるホーク兄様は無理筋《むりすじ》と思って僕に狙いを定めてきたのだろう。

「はっ!?　おじいちゃん何を言ってるのよ！」

いや、本当だよ。何言ってるのかなこの長老は。

おそらく、これも人族との関係を重視してきたテンペスト一族の戦略なのだろうけど、それならリッテンバーグ伯爵と関係を構築してもらいたい。頼むから僕を巻き込まないでもらいたい。

「慎んでお断りいたします」

「そうか、そうじゃろう。わしが言うのもなんじゃが、ミルカは可愛いからのう……って、えっ、断っちゃうの？」

「あ、当たり前でしょ、おじいちゃん！」

チラッとローズを見てからヤック長老は畳みかけてくる。

「第二夫人とかでも構わんよ」

「おじいちゃん！」

とりあえず、ここに長居していると面倒な話が進みかねないので、僕たちは狼族に会うために封鎖されている街道へと向かうことにした。

◇

「ホーク兄様、狼族とはどのような交渉をするのですか」

「まずは話を聞いてみてからの判断だけど、クロウはまだ食料を持ってる？」

ここで反対の声を上げたのはミルカ。

「えー！　狼族なんかに食料を与えるの。信じらんなーい。そんなのたかられるだけよ」

実はヤック長老の指示で、なぜか僕たちと一緒にミルカも同行することになってしまったのだ。

「花嫁修業の一貫じゃよ」とか笑いながら言っていたけど、僕たちの行動を見張る意味もあるのだろう。

なんのメリットもなく問題を解決しようとする別種族の者を、信用しようというのが無理というものだ。いや、スパイスが入ってこないというのは自治区にとっても大きなデメリットなんだけどね。

あとは、簡単に解決させたくないのかもしれない。羊族としては狼族に嫌な思いをさせられているわけで、簡単に和解とかを望んでいない可能性がある。

「ただでさえミルカがいることで狼族との交渉のハードルが上がっちゃうんだから静かにしててよね」

「そ、そうなのか。ま、まぁ、未来の旦那《だんな》がそう言うのなら……従ってやらないこともないわ」

なぜか頬を染めて俯《うつむ》き加減でボソボソと小さな声で言っているが、僕は決して未来の旦那ではない。どうせならデルビスを旦那にしなよね。君たちあんなに仲良かったじゃないか。まったく、リッテンバーグ伯爵家に年頃の男の子はいないのだろうか。

「ホーク兄様、食料はそれなりにありますよ。足りなければイカの足を焼きます」

「そうか。えっ、イカの足？　聞いたことがない食材だけど、それは魔物の肉かい？」

「はい。焼くのが大変なので、ホーク兄様の火炎でお手伝い願いたいです」

「お、おい。イカって、あれだろ。さっき我が食いちぎったやつだろ。あの生臭い肉を食べさせるのか⁉　そ、それ、交渉どころではなくなるぞ……」

「って、言ってるけど、大丈夫なのクロウ？」

「しょっぱいソースがあれば最強に美味しいと思うんですけど、とりあえずは塩で焼きます。たぶん美味しいですよ」

「しょっぱいソースってあれか、ナミュルソースのことじゃないのか？　あのしょっぱいのは煮込み料理によく使うからな。値段が高いからテンペスト一族のようなお金持ちしか使わないんだ」

「えっ、醤油あるの⁉　黒くてしょっぱいやつ？」

「しょうゆというのはわからないけど、黒くてしょっぱいソースならナミュルソースよ。あたしぐらいのお金持ちになるとストックも十分あるわ。テンペスト家では壺《つぼ》買いしてるもの。小魚を塩で漬け込んで作る調味料って聞いてるわ」

魚で漬け込んでるということは魚醤《ぎょしょう》で間違いない。さすがスパイスの街だけはある。海も近いし、ひょっとしたらと思ったけど魚醤文化があったのか。

「ミルカ、頼みがあるんだ」

僕の頭の中は醤油でいっぱいになってしまい、気がついたらミルカの肩を揺するようにしてお願いをしていた。

「な、な、何よ。こ、こんな昼間から！」

「そのナミュルソースを分けてほしい。いや、売ってください全部！」

「わ、わかったから、そ、その、離しなさいよ」

おっと、僕の並々ならぬ情熱にみんなも何事かと若干引いてしまっている。

「クロウがそこまで欲しがる調味料というのは、僕も気になるね」

ホーク兄様、しょっぱ美味しいんですよ。

「クロウはどこでそんな珍しい調味料の存在を知ったのよ。魚で作ったソースなんて本当に美味しいのかしら？　なんだか生臭そうよね」

ローズ、お前にはやらないぞ。

「独特な匂いがあるから好き嫌いは分かれるけど、何より高価な味よ。舌が肥えていないと理解の及ばない調味料かもしれないわね」

羊族は小金持ちになったからこそ、伯爵の領地で成金的な買い物をしているのだろう。宝石もジャラジャラ付けている。そこで出会ったのが作るのに手間がかかる高価な調味料ナミュルソース（魚醤）というわけなのだろう。

「狼族とはイカ焼きで仲を深めようと思います。だからミルカ」

「わかったわよ。そんなので解決してくれるなら壺ごとあげるわよ。どうせまたすぐに買えばいいし。取ってくるからちょっと待ってて」

よしっ！　醤油ゲットだぜ。魚醤だけれども。しょっぱくて濃厚で芳醇《ほうじゅん》な調味料が手に入る。

こうなると、あとはお米の存在が気になるところ。お米さえあればラリバードの卵かけご飯に醤油を垂らしていただけるじゃないか。

これはあれだな。いろいろと解決したら伯爵領で食材探しをしてみるのもいいかな。海運貿易が盛んな場所だと聞いているし、珍しい物とかもあるのではなかろうか。あとスパイスもいっぱい買っておきたいしね。

しばらくすると壺を抱えたミルカがやってきた。高級が売りなのか、壺自体が高価に見える。リッテンバーグ伯爵領でも魚醤はまだ一般的ではないのかもしれない。

「おい。なんかその壺……臭くないか？」

ネシ子がそんな顔をするのはわからなくもない。この懐かしくも強烈な発酵《はっこう》臭は醤油で間違いないが、醤油単体では強烈な匂いすぎるからね。

「失礼ね、これはそういうものなんだってば。少量を味付けや香り付けに使用するものなの。裕福な家でしか使われない超高級品なんだからね」

「ミルカ、味見してみても構わない？」

「その臭くて黒いやつを味見するのか!?　毒かもしれないのだぞ」

「大丈夫だって。ミルカが言うように、これはそのまま飲むものではないから」

そうしていただいた黒い液体は紛れもなく懐かしい醤油で、魚醤ということで独特の風味や香りはあるもののその深い味わいは感動すら覚えるものだった。

ネシ子だけでなくホーク兄様もローズもこの匂いに引いているけど、調理した物を食べればファンになってくれるに違いない。

まあ、それは後のお楽しみということにしておこう。

4 お腹の減った狼族

封鎖されている街道は切り立った渓谷沿いの細い道で、迂回《うかい》ルートもないことから狼族もここを狙って封鎖したと思われる。まあ、単純に効率がいいからね。

さすがに大きな荷物を積んだ馬車が森や山を越えるというのは無理がある。そうなると、多くのキャラバンは必ずここを抜けなければ王都方面には向かえなくなるのだ。

「奴らは鼻が利《き》く。たぶんこちらのことはもう気づいてるはずよ」

ミルカが緊張気味にそう言うけども、わざと見つかることがこの作戦のうちでもある。

「じゃあクロウ、とびっきり美味しい匂いを頼むよ」

「任せてください、ホーク兄様」

ローズとネシ子は半信半疑といった表情で僕を見てるけど、イカを焼き始めてナミュルソースを垂らしてしまえばその目を大きく開くことになるだろう。

今回の作戦は、まともに話し合いをするにはいろいろと拗らせすぎてしまっているため、美味しい食事の提供で一気に懐《ふところ》に飛び込んでしまおうというものである。

狼族からしても、こちらに羊族のミルカがいる時点で僕たちを敵認定してくることが十分に考えられる。というか間違いなく敵だと思うだろう。

というわけでホーク兄様の考えた作戦は、お腹がペコペコであろう狼族の胃袋を刺激して懐に飛び込もう名付けて「イカ焼き餌付《えづ》け作戦」である。

「こんなので本当に上手くいくのかしら……」

「そうだぞ、クロウ。しかも焼くのはあの生臭くて気持ち悪いイカというやつなのだろう。下手したら臭い匂いで余計な刺激を与えることになるはずだ」

「まあまあ、とりあえずホーク兄様は火の準備をお願いします。ローズとネシ子はイカを洗うから手伝って」

「あ、あのぬめぬめをまた我に触らせるのか！」

「わ、私は小枝を集めてくるわ。行くわよ、ラヴィ」

ローズは早々にラヴィを連れて逃げていった。あんまり遠くへ行って狼族に捕まらないでよね。

そして残されたのはしかめっ面《つら》のネシ子。僕一人では大変なので嫌々ながらも手伝ってもらう。

さすれば最初にイカ焼きを味わう権利を与えようではないか。

さて、イカは真水《まみず》で洗うと良くないとか聞いたことがあったので、イカの足を確保した時に一緒に海水も取り込んである。もちろん、手洗い用に川の水も取り込んであるので安心してほしい。

「今から海水を放出するから、ネシ子はイカのヌメリを取るように洗ってね」

「これで不味かったら絶対に許さんからな」

渋々の表情でネシ子は腕を捲ってちゃんとイカを洗ってくれるらしい。文句を言いながら手伝ってくれるあたり、僕の作るイカ焼きに少しは興味があるのだろう。さすがは自治区のグルメ番長なだけはある。

「ヌメリが取れたら表面に十字に切り込みを入れてもらえるかな?」

「表面だけでいいのか?」

「うん。ナミュルソースを染み込みやすくしたいんだよ」

「なるほど。了解した」

ナミュルソースこと魚醤にドワーフの火酒、畑で採れたテンサイの砂糖で味を整えて漬けダレを作る。これを塗り込みながら焼いていく。そうすればなんとも言えない香ばしい匂いが辺り一帯を包み込んでいくだろう。

準備が整うと全員がまだ怪しんだ様子で食材とソースを交互に眺めている。一つは生臭くて白い物体、もう一つは黒くて臭くて強烈な匂いを発する液体。この二つが組み合わさることでどう変化するのかわからないのだ。

だがしかし、すぐに理解するだろう。醤油の焼ける香りがイカの旨み成分に相乗効果をもたらすことで、最強の食材に進化させるのだ。

「クロウ、来てるぞ」

「はい。では、さっそく焼いちゃいましょう」

どうやら狼族の何人かがこちらの様子に気づいたようで偵察に来ているようだ。僕にはわからないけど、ホーク兄様がそう言うのだからそうなのだろう。ネシ子もホーク兄様と同じ方向を睨んでいるのでたぶん合っている。

イカよ。醤油とともにいい匂いを発してくれたまえ！

焚き火の上に網を敷き、豪快にイカを焼き上げていく。もちろん、味を整えたナミュルソースをこれでもかと塗りたくり、垂れたソースが焚き火の炎に落ちるたびに焼いた香ばしい匂いが鼻を刺激していく。

「お、お、おー、凄まじくいい匂いがするぞ！　この組み合わせでなぜそうなるのか不思議でならんなっ！」

興奮したネシ子が今にもイカに手を出しそうになるが、まだ中まで焼けてない。慌てるでない。ちゃんと一番に食べさせてあげるからステイしてなさい。

イカに染み込んだナミュルソースで焼き目がつき、またイカのプリプリの身が食欲をそそる。

「ま、まだなのか！　も、もういいだろう。一口、一口だけ食べさせてくれ」

「しょうがないなー。じゃあ、頑張ってくれたご褒美をあげよう。はい、口を開けてー、あーん」

「あ、あーん」

プルンプルンに揺れ、香ばしい匂いを振りまくイカ焼き。この匂いだけで美味しいのは確定している。

ネシ子は目を細めながらハフハフと熱さを堪えつつも口を動かすことをやめられない。

「信じられないほど美味いぞ！　一瞬でなくなってしまった……。お、おかわりだ。クロウ、我のイカをもう一つ！」

「はい、はい。慌てなくてもいっぱいあるからみんなで食べようね」

すると狼族がいた方向から、木々がガサガサと揺れる音が聞こえてきた。

彼らはお腹を空かせている可能性が高いので、この匂いには胃袋も勝てないのだろう。もう一押しでこの作戦の第一段階は成功する。

我慢の限界が訪れたのか、ガサガサはガサゴソに変わり、ついにはローズ、ミルカ、ホーク兄様と並んでいる後ろに二名の狼族の戦士が並び始めてしまった。

乱暴者なのか礼儀正しいのかよくわからないよ、狼族。そして、チラチラとミルカを見ながらも意を決したようにこちらに話しかけてきた。

「そ、その、食べ物を分けてはもらえねぇか。見たところ大量の食材、お前たちだけで食べられる量ではないだろう……。山には腹を空かせた子供たちが多くいるんだ。なんとかお願いできねぇか？」

巨大イカの足はとんでもない大きさなので、これを僕たちだけで食べきるのは確かに無理がある。まあ、シャドウインベントリに入れてしまえばホカホカのまま保存できるんだけどね。

「構いませんよ。ただ、羊族となんでこうなってしまったのか、あなたたちのリーダーに話を聞かせてもらいたいのです」

狼族の戦士はしばらく二人で話をすると、決心したような表情で頷いてみせた。二人ともかなり痩せているように見える。きっと自分の食料も子供たちに分け与えているのだろう。

「わかった。リーダーのところへ案内する」

「こっちへ来い」

キリッとした表情とは裏腹に口からは涎《よだれ》が垂れてしまっているのはご愛嬌だろう。これがイカ焼きパワーなのだ。

「では先にこのイカ焼きをどうぞ」

「も、もらっていいのか！」

「ええ、焼きたてが一番美味しいので」

狼族の戦士だけでなく、みんなも興味津々《しんしん》なので、ここでいったん試食タイムといこうではないか。みんなネシ子の反応から早く味見をしたくて堪らないという気持ちでいっぱいなのだから。ナミュルソースの焦《こ》げた匂いは胃袋を強烈に刺激する。調味料もなく一週間近くサバイバルをしていたホーク兄様だってこの匂いはつらいはず。

「食べやすくカットしますね。はい、どうぞ」

先に腹ぺこと思われる狼族の戦士に渡してあげて、それからローズ、ミルカ、そしてホーク兄様にもイカ焼きを食べてもらう。ラヴィはナミュルソース薄めのやつで我慢してもらおうか。

そして、まだ味見をしてなかった僕もさっそくひとかじりさせてもらう。

鮮度のいいイカは弾力もあり、噛むほどに甘みが口の中に広がる。そして、その甘さに焦げたナミュルソースの芳醇な香ばしさと塩味が加わることで旨みを一段上へと引き上げてくれる。これがイカ焼きなのだ。シンプルでありながらベストな相性の組み合わせ。

「驚いたわ。これは塩や胡椒では出せない深い味わいね。あの生臭そうなイカと臭いナミュルソースの組み合わせからはとても想像できなかったわ」

ローズもご満悦の様子。

「うん、美味しいよ、クロウ。焼くことでナミュルソースの味が変化するんだね。これも鑑定スキルのおかげなのかな？」

「そ、そうですね」

そういうことにしておこう。僕の精神が現代日本から転生してきたということはまだ誰にも話していない。そんな荒唐《こうとう》無稽《むけい》な話をしたところで信じてもらえるかは微妙だ。そもそもまだ僕以外に転生者が存在するという話すら聞いたことがないのだから。

ということで、こういう時にも鑑定というのは助かるスキルだ。ほとんどバーズガーデンから出ることのなかったクロウが知り得るはずのない情報だからね。

「あ、あの、おかわりは」

「いっぱいありますからどんどん召し上がってください」

二人の狼族の戦士はよほどお腹を空かせていたのか、武器も地面に置き両手でイカ焼きを貪《むさぼ》り始めてしまった。食料不足というのはかなり深刻なのかもしれない。

「はい、こちらお水です」

「あ、ありがとう」


しばらくしてお腹が落ち着いた狼族の戦士は、僕たちを先導するようにリーダーのいると思われる山の奥深くへと案内してくれた。

「うーん、いにしえの森よりもさらに魔物の気配があまり感じられないね」

「そうなんですか？　ホーク兄様」

「例年と比べると森の魔物の数も少なかったんだ。山はそれ以上ということだね……」

すると、その会話を聞いていた狼族の戦士が山の状況を教えてくれた。

「この辺りの魔物は狩り尽くしてしまった。今はまだ木の実や果物があるからなんとか保っているが、冬になったら多くの同胞《どうほう》が死ぬことになる。その前になんとかしなければならない……」

なんとかしなければならないというのは、羊族との話し合いに持ち込んでお金を得ることなのだろう。かなり強引なやり方にも思えるけど、やむにやまれぬ事情というものが狼族にもあったということ。

「今までこんなことは？」

「こんなことは初めてだ」

「これは羊族の奴らが山に入って狩りをしているせいだ！　あいつらは小さな個体も関係なく狩っていきやがる」

「わ、私たちは、魔物がいなくなるほど、そんなには狩っていない……。一部の者が山に入ったことは謝る。だけど、大量に狩り尽くしたということは絶対にありえない」

「ふんっ、そんなことを信じるとでも？　約束を破ったのはお前たち羊族だ！」

「ま、まぁ、まぁ……」

こんな状況から起死回生の一手を打てるのだろうか。ホーク兄様は山道を登りながら、景色をゆったりと眺めている。

「ホーク兄様」

「うん、まずは話を聞いてからだけど、クロウにはちょっと聞きたいことがあるんだ」

「はい、なんでしょうか」

「クロウの鑑定スキルについて詳しく教えてもらえないか？」

「僕の鑑定スキルですか？」

「そう。例えばこの植物だけど、クロウの鑑定ではどういう情報まで手に入るのかなって」

ホーク兄様が指さしたのは、ムコの実といって森では割とよく見かける植物だ。一般的には実に毒があるので食べられないのだけど、ツルが丈夫なためロープ代わりに使われたり、加工品などにもよく使用されている。

しかしながら、鑑定情報によるともう少し詳しい情報も手に入れることができた。

鑑定、ムコの実。


【ムコの実】

蔦《つた》植物の一種で多くの地域で自生している。そのツルは繊維が豊富なため様々な用途で使用される森の便利グッズ。ロープや加工品などに重宝されている。実には有毒な成分を多く含んでいるため、誤った摂取は呼吸困難、昏睡、けいれんなどの症状を引き起こす可能性がある。


なんか知らないけど、鑑定スキルが進化している。レベルアップでもしたのだろうか……。入ってくる情報が増えているし、より詳細になっている気がする。

さてさて、これで終わりではない。続きを見てみようか。

また、この有毒成分は人が食べる食物のコレステロール吸収を阻害することから、丁寧な毒消し処理を行うことでダイエット効果が期待できる薬になる。


「そうですね。一般的なことは置いといて、ムコの実の毒成分を丁寧に処理することでダイエット効果のある薬になることがわかりました」

「ダイエット効果ですって！」

「えっ？　いくら食べても太らないの⁉」

真っ先に反応したのはローズとミルカだった。君たちはまだ若いし、全然太ってないでしょ。

「驚いたね。そんな情報は王都の王立図書館にも記載はないよ。鑑定スキルを授かった頃はそこまでの情報は手に入れられなかったはずだよね？」

「ええ、なんだか最近ちょっと進化したみたいです」

「クロウ、これは想定以上だよ。これなら可能性が見えてきたかな」

「可能性ですか？」

「うん。そのためにも狼族との話し合いをなんとかして成功させないとね」

「そうですね」

おそらくだけど、ホーク兄様はここで採れる山の幸《さち》を商業ベースに落とし込むことを考えているのではないだろうか。そうであるならば、僕もただ山を登るのではなく、お金になりそうな物を探しながら進もうと思う。

山には高額で取引できる素材が眠っている可能性があるのだから。

◇

そうして、山を登ること数十分。案内された僕たちは、狼族のリーダーがいる集落の前まで連れてきてもらっていた。

「がるるるる」

「がるるるる」

やはりというか、ミルカがいることで狼族の反応はすこぶる悪い。案内をしてくれた狼族の二人に対しても怒号《どごう》が飛んでいる。

「おいっ、お前らどういうつもりだ！」

「この裏切り者め、自分が何をしているのかわかっているのか？」

僕たちを取り囲むようにして、多くの狼族の獣人たちがリーダーのいると思われる居住場所へ向かわせないようにしている。

想像以上に厳しそうだけど、話し合いとかできるのだろうか……。

「おいっ、てめーらうるせーぞ。人の家の前で騒ぐんじゃねぇー！」

この騒ぎの中、家から出てきたのは屈強な狼族の男。おそらくこの人がリーダーなのだろう。

僕たちを一瞥《いちべつ》すると、少し考えるような素振りを見せたが、あっさりと話し合いに応じてくれるようだ。

「ほう、客人か。案内するぜ。中に入りな」

「し、しかし、リーダー！」

「うるせー。俺がいいって言ってんだろーが」

「も、申し訳ございません」

どうやら二番目に偉いと思われるその獣人さんが指示を出すと、僕たちを囲む獣人たちは少しずつ下がっていき道が開けていった。

それでも、最低限の道を空けるだけでギラギラした複数の目はこちらをずっと睨んでいる。やはり、お腹を空かせているのか痩せ細っている獣人が多く、現状の大変さが窺える。

遠くの方にはお母さんの後ろに隠れるように小さな獣人の子たちが見え隠れしている。

もう少し歩み寄りや話し合いができなかったのだろうかと思わなくもないけど、おそらくは狼族のプライドがこうさせてしまったのかもしれない。

「で、なんの用だ？　長老の娘」

「わ、私は、別に用はない……」

どうやら、リーダーは羊族からの使者か何かだと思っていたようだ。一歩下がるミルカに代わって前に出るのはホーク兄様。

「するってぇーと、お前らか。俺に用があるってのは」

「お初にお目にかかります。エルドラド家の長男ホーク・エルドラドと申します」

「ほーう、貴族のお坊ちゃんか。俺はガフリヤール・ブラスト。ブラスト族のリーダーだ。二年前に親父が死んでからこの山を任されている」

代替わりしたばかりで、いきなり集落のピンチを迎えることになったのか。その中でこのような行動をとった理由も気になるところだ。

「私たちはこの問題を早期に解決したいと思っています。それには、単純な解決ではなく長期的にお互い利のある解決が必要だと思っています」

「何が言いたい。お前はうちの集落の状況を見たうえで、まだそんな舐めたこと言ってんのか？いいからさっさと食料をよこせ。そうじゃないなら帰るんだな。悪いが街道の封鎖をやめるつもりはねぇ」

集落の獣人たちを見ると全体的に痩せ細っており、その限界が近いのはよくわかる。

「長期的な話だけでは厳しいというのも十分理解しています。ですので、こちらからの提案は短期的なものと長期的なものの二つになります」

「……話してみろ」

「手始めに、食材を提供させていただきます。クロウ、イカ焼きを出してもらえるかな？」

「はい。ホーク兄様」

すると、何もない空間からとんでもサイズのいい匂いが漂うホカホカのイカ焼きが現れる。シャドウインベントリ、すごく便利でしょ。

「おおお、なんじゃこりゃ!?」

「これはイカ焼きという料理でして、今提供できる食べ物の中で一番量があります。これをすべてお渡ししましょう」

大量に作ったイカ焼きなので、狼族のみなさんでも一日ぐらいは満足してもらえる量だと思う。もちろん、事前に渡すことを了承していたので問題ない。

「良かったら、お一つどうぞ」

僕がカットしたイカ焼きを手渡すと迷わずかぶりついたガフリヤール。

「おう、うめぇーし、胃を刺激するたまらねぇー匂いだな。これをくれるのか」

「山の魔物が減少しているようなので、食料事情が落ち着くまで、海の食材をこちらから提供させていただこうと思っています」

海のエリアは人の領地とされているので、あとでウォーレン王に確認をとるのだろう。

話が進めばネシ子に追加のイカ討伐依頼が入るはずだ。あとはリッテンバーグ伯爵領へ食材やスパイスの買い出しといったところか。

「その代わりに街道の封鎖をやめろってことか？」

「もちろん、それもありますが。次の提案からが長期的なビジネスの話です」

「ビジネスだと？」

「はい、ビジネスです。今の危機的な状況を乗り越えるため、こちらの提案に乗っていただきたいのです」

「ふん、俺たちを金で雇おうってことか。傭兵か？」

確かに傭兵としての価値は狼族には十分すぎるほどある。しかしながら、特に揉め事もない王国において、今そこにお金をかけるのは愚策である。そんな提案をホーク兄様がすることはない。

「違います。みなさんはずっとこの山にいてくださって大丈夫ですよ。私が提案するのは魔物が減ったこの縄張りで、今後も狼族が暮らし続けるための話です。次の年も魔物が少なかったらこの場所では生きていけませんよね？」

「魔物がいねぇーのに、この場所にいられるのか？」

おそらく狼族にとってこの場所は大切な場所なのだろう。そうでなければ、ここに残り続ける選択をするわけがない。外に出れば生きる道はいくらでもあったはず。きっと離れたくない理由があるのだろう。

「一つは、いにしえの森の管理をしてもらいたいと思っています」

「あの森か」

「山よりは魔物の数が多いはずです。魔法学校の生徒が研修で訪れる場所ですが、定期的な魔物の間引きが必要なんです。もちろん狩ったワイルドボアなどはそちらで処理してください」

魔法学校の先生方がわざわざ王都から定期的に間引きなどの管理をしていたわけだから、これは両者にとっても悪くない話だろう。

「それはありがてぇー話だ。ただ、うちの集落が満足する量は到底揃わねぇだろう」

森の管理だけではたいした利益を生むことはない。狩れるワイルドボアだってそこまでは多くない。つまり、この次の提案からが本番なのだ。

「もう一つの提案ですが、山にある食材を我々に優先的に売ってもらいたいと思っています」

「おいおいおい。この山に売れる食材なんかあったら、こんな苦労してねぇーんだよ！」

「目に見える物だけが価値あるとは限りません。こちらが食材を提供する間、弟のクロウとそちらの戦士を何名かお借りして、この山を調べさせてもらいたいのです」

「それは別に構わねぇーが。俺たちも知らない食材が売るほどあるっていうのか？」

「それは今の段階ではなんとも言えませんが、きっと面白い発見があると思いますよ」

「まあ、うちにとっては断る理由がねぇー。ところで、なんでそこまでやってくれるのか聞いていいか？」

「困った時はお互い様でしょう。まあ、単純にスパイスが入ってこないのは困るというのもあるのですが、それはこの現状を誰かに知ってもらいたかったからなのかなと思ったのですよ」

「お見通しか。うちは、羊族と違って人との交流をしてこなかったからな。そのツケが今になって出ているんだろう。今回、魔物の数が減ったことで身に染みて理解しているところだ。この場所へ来てくれたこと、本当に感謝する。うちにできることはなんでもやるから、この集落を助けてくれ。頼む」

ガフリヤールさんがしっかりと頭を下げている。

これが、外で話をしなかった理由の一つかもしれない。集落のみんなの前でリーダーが頭を下げるわけにはいかないだろうからね。

とはいえ、こちらの提案が聞くほどのものではなかったり、そのまま戦闘になったとしてもそれはそれで引かなかっただろう。早めにこの集落へ来れたことは本当に良かったと思う。

「では、さっそく行動に移すとしましょうか」

「おう！」

今まで付き合いのなかった狼族と交易を行うというホーク兄様の提案にガフリヤールさんが乗ってくれた。

それは、目の前のイカ焼きをお腹いっぱい食べたかったからというのもあるかもしれないが、集落にいるお腹を空かせたみんなの久し振りの笑顔を見たかったというのもあるかもしれない。

彼らもいろいろと手を尽くしたうえで、街道を封鎖するしか道が残されていなかったのだろう。

性格的に誰かに頼りたくはないのだろうけど、集落を守り維持していくためには周りからの助けが必要なことも理解したのだと思う。

「ところで、なんで羊族の長老の娘がいるんだ？」

「私はクロウの婚約者だからね」

「ち、違います。ヤック長老がこの問題を早期に解決させたくなかったからミルカを同行させたのだと思ってます」

「えぇー！　そ、そうだったの⁉」

「たぶんね。羊族としても今回のことは良く思っていないんだよ。長期的な展開になれば狼族が折れると思っていただろうし、人、羊族の連合で戦闘になってもいいと思ってたんじゃないかな」

「まあ、そんなところだろーな。あのタヌキジジィらしい考え方だ」

タヌキジジィって、羊だけどね。

何はともあれ、これで少し前に進める。早くこの問題を解決させないとならない。


話し合いのあと、僕たちはそれぞれ分かれて行動することになった。

ネシ子とローズは海へイカ狩りに。

そして、ホーク兄様とミルカはリッテンバーグ伯爵領の領都バルザーグへ食料や調味料の買い出しに。もちろん調味料のメインはナミュルソースになるだろう。

一応、バルザーグでゴズラー教と合流することにもなっているらしい。荷物持ちや買い出しのお金とかも用意してくれているのだろう。おそらくクネス大師の分身体がいるはずだ。

「なんで私がバルザーグ組になるのよ！」

「ナミュルソース売ってる場所とかミルカが詳しいでしょ」

「そ、それはそうだけど……」

若干不服そうだけど、ミルカをこの集落周辺に残して置くのはいささか不安がある。今やブラスト一族からしたら、テンペスト一族は天敵のような存在だからね。何もないとは思うけど、羊族にちょっとしたことでも攻撃させる理由を与えたくない。

◇

そうして、残った僕とラヴィは山の幸を探すために山を探索することになった。

「それにしても、その鑑定ってスキルはすげぇーんだな。普段採ってる野草にそんな効果があるとはちっとも思わなかったぜ」

同行することになった狼族の戦士が一人。それはリーダーのガフリヤール・ブラストだった。

先ほど鑑定とはどういうスキルなのかと聞かれたので、近くに自生していた野草を鑑定して詳しく伝えたところだったのだ。

【ソブリン草】

肉の臭みをとる野草として活用されている。そのまま食べると苦い。整腸作用もあるため煎《せん》じて飲むことで薬としての効果も期待できる。


昔から肉の臭みをとるのに使っていた一般的な野草らしいのだけど、薬効まであるとは知らなかったようだ。

「あ、あの、付き添いは部下の方で良かったんですけど……」

「部下には狩ってくるイカや魚の処理をさせる。俺は、生臭いのは苦手なんだよ」

やはり山に暮らす狼族だけあって、ネシ子のように海の幸が苦手な人もいるということか。焼けば食べられるんだろうけど、生のぬめぬめは触りたくないのかもしれない。

「なるほど」

「それに、この山は俺の庭みてぇーなもんだ。どこに何があるかはだいたいわかっている。探してぇー物があるなら言ってくれ」

適材適所というのか、集落に残っていたらぬめぬめ作業をやらされる可能性があるからこちらに来たのかもしれない。リーダーだけど雑務もやるあたりブラスト一族の仲の良さというか団結力が窺える。

見た目は厳《いか》つい感じの人が多いんだけどね。

「何ジロジロ見てんだよ」

「あっ、いえ、なんでもありません」


そうして、最初に案内された場所は山の中腹《ちゅうふく》にある少し開けた場所。そこは日当たりがいいからなのか、綺麗な草花が咲いているとても美しいところだった。野草の種類も豊富な場所かもしれない。

広場の中央には大きな石碑《せきひ》があり、狼族にとっても大切な場所なのだというのが、その整備された美しさからもよくわかる。

ガフリヤールさんは石碑の前で膝をつくと、目を瞑《つむ》りながら話しかけた。

「親父、久し振りだな。とりあえず先に謝る。すまねぇな、集落を危機に晒《さら》しちまったよ。こいつらが助けてくれるっていうからよ、ちょっくら山を案内してぇーんだ。いいだろ？」

ここはブラスト一族にとってのお墓ということなのだろう。彼らがこの場所を離れたくなかった理由の一つであることは間違いない。

僕もガフリヤールさんに倣《なら》うようにして手を合わせて頭を下げる。

「余所者《よそもの》を山に入れる時は先祖に挨拶をするのがうちの流儀だ。本来なら全員ここに連れてくるべきなんだが、緊急事態だから親父も許してくれるだろうよ」

「そうだといいのですが」

「それで、いったいどんな物が高く売れるんだ？」

切り替えが早いようで、すぐに山の幸探しが再開されるらしい。

「そうですね。やはり狙いはキノコでしょうか」

「はああ!?　おまっ、キノコはやべーだろ」

この世界には毒キノコが多いため、キノコの食習慣がないのは一般的だ。食べられる物もちゃんとあるけど、それに似た種類の毒キノコが近くにあったりして正直とてもややこしい。普通の人にそれを見分けるのはかなりハードルが高いだろう。

それは狼族でも一緒だ。ただし、彼らだからこそ探し当てられる種類があるのも事実。狙いはそこにある。

「これから探してもらうキノコは香りに特徴があるタイプなので、ガフリヤールさんたちなら選別も探すのも得意ではないかと思っています」

「香りのするキノコか。確かに匂いなら得意だな。それに、まあ、うちらが食べなければそもそも危険もないわけか。で、どんなところにあるってんだよ？」

「そうですね……。実は僕もよくわかっていません」

「おいおいおい。それで、どうやって探すんだよ」

探してもらうキノコは黒いダイヤと呼ばれる、その名もトリュフだ。この世界にあるのかは不明だけど、似たような物があれば貴族に高値で売ることができるだろう。

嗅覚の鋭い狼族が採取したということで安全性を保証できるし、キノコという微妙な立ち位置の食材なので競合が現れにくいのではないかと思っている。そもそも、この山に入らないと探し方とかわからないので情報が漏れることもそうそうないはずだ。

ということで、なんとかして黒いトリュフ、そしてさらに金額が跳ね上がる白トリュフなんかも見つけ出したい。

松茸《まつたけ》もありかなとは思ってるんだけど、キノコ食に馴染みのないこの世界にはまだ少し時間がかかるような気がするんだよね。

「ということで、全方位に鑑定を展開していきます。めぼしいキノコを発見したらガフリヤールさんには香りを覚えてもらいたいのです」

「なるほど、それと同じ香りのキノコを集めりゃいいってことか」

「その通りです」

「きゃう！」

「うん、ラヴィにも期待してるよ」

トリュフ探しには鼻の利く豚や犬にお願いをすると聞いたことがある。そういう意味では狼族の嗅覚には期待をしたいところだ。もちろんラヴィにもね。

「魔力は十分にあるし、一気に探してみましょうか。スキル、鑑定。全方位展開！」

全方位に鑑定を展開すると、ものすごい量の情報が僕の頭の中に流れ込んでくる。これを維持するのはちょっときついので、情報を抑えながら必要なものだけを選択していくことにしようと思う。目に映る木々や野草、草花を鑑定から解除していきながら、地面付近を中心にじっくり展開していく。これを、少しだけ範囲を広げてっと……。

「っと、ととと」

「お、おいっ、大丈夫かよ」

少しふらっとしたところを後ろからガフリヤールさんが支えてくれる。詳細に鑑定できるようになったからなのか、この全方位鑑定は頭への負担が大きい。距離をあまり広げすぎないように気をつけなければならない。

「もう、大丈夫です。慣れてきましたので」

「あんまり無理はすんじゃねぇぞ。その珍しいキノコを探し出せるのはお前だけなんだろ？」

「そうですね。見つかるといいんですけど」

山に魔物の数が多くない状況も、今の僕にとっては逆に助かる。魔物に襲われる脅威は少ないし。それでも、万が一現れたとしても隣を歩いているガフリヤールさんが倒してくれるだろう。とはいえ、鑑定に魔物が溢れていたら、キノコの探索に時間がかかってしまう。

そうして、調べながら歩くこと数十分。どうやらお目当ての物と思われるキノコを発見した。

【ブラックトリュフ】

地中に自生するブラックトリュフ。探すのが難しく栽培することも困難なため、大変希少価値の高いキノコである。


名前はそのままブラックトリュフ。まあ、わかりやすくていい。この世界では地球と同じネーミングをそのまま使っている場合もあるのでその辺はあまり気にしない方向でいる。

「ガフリヤールさん、見つけましたよ」

「おお、ついにお宝を発見したか！　どこにあるお宝ー！」

「あの茂みの地中ですね」

「茂みの地中!?　埋まってるのか？」

「はい。埋まっています」

「掘ればいいのか？」

ちょっとテンションの上がっているガフリヤールさんに任せるとせっかく見つけたブラックトリュフに傷をつけてしまうかもしれない。ここは僕が大事に発掘することにしよう。

「落ち着いてください。最初は僕が採取しますので待っててくださいね」

「そ、そうか」

残念そうなガフリヤールさんだけど、次からは全部お任せするので我慢してほしい。

さて、鑑定結果によるとそこまで深く埋っている感じでもなさそう。これなら力のない子供の獣人でも採取可能かもしれない。いや、でも減少しているとはいえ魔物が現れたら危険か……。それなら、大人との組み合わせとかでグループを組めば大丈夫だろう。

そうして落ち葉や柔らかい土を丁寧にどけて。ようやくその姿をようやく拝むことができた。

真っ黒くまん丸で手のひらサイズのかなり大きめのトリュフ。間違いなく僕が求めていたトリュフそのものだ。

「ありましたよ。ガフリヤールさん」

「お、おう」

あ、あれ、なんかテンションが下がっている感じがする。

「どうかされましたか？」

「いやー、な。疑うわけではないんだけどよぉ。そんなちっせぇ、真っ黒な食材が本当に売れるのか？」

まあ、現時点で売れるかといえば未知数ではある。でも、これは紛れもなく黒いダイヤと呼ばれるトリュフそのものであって、この上品な香りは貴族受けすると思っている。

販売ルートや売り方については、貴族社会に詳しいホーク兄様やウォーレン王に任せた方がいいだろう。僕が提案するのは調理法や料理への使い方についてだけでいい。

「これはブラックトリュフというキノコで、芳醇な香りが凝縮《ぎょうしゅく》されている食材なんです。なので、薄くスライスしたり刻んでふりかけることで香りを楽しむものなのです」

「そのまま食べるんじゃなくて、振りかけるのか……」

ガフリヤールさんがピンと来ないのもしょうがない。ここしばらくお腹を空かせて苦しんでいた狼族に香りを楽しむ食材とか言っても「舐めてるのか？」としか思われないだろう。

「では、試食といきましょうか。とりあえずはイカ焼きにブラックトリュフをスライスしてみましょうか」

本当ならお肉にスライスしたいところだけど、手持ちの食料はイカ焼きしかないのでこれで我慢してもらおう。トリュフには濃厚なバターに近い芳醇な香りという表現もあるほどなので、ナミュルソースとまったく合わないということもないだろう。バター醤油と魚介の組み合わせは至高なのだから。

それにしても、これで王都ではまたスライサーが売れてしまうなー。僕の商才が怖い。チーズも野菜もトリュフもなんでもスライスしてしまえばいい。

「それで削るのか？」

「これは専用のスライサーという器具になります。これなら簡単に薄くスライスできますので」

そうして、取り出したイカ焼きにこれでもかとブラックトリュフをスライスしていく。

ガフリヤールさんも、削り始めたブラックトリュフの香りに気づいて一気に興味が湧《わ》いたようだ。

ブラックトリュフにお金の香りを感じたのだろう。僕も感じている。この黒いダイヤの可能性を。

どれ、鑑定さんの続きを読んでみようか。


ブラックトリュフは味ではなく香りを楽しむ食材と言われています。人それぞれ感じ方は異なりますが、「上品で濃厚な香り」「森や土のような優しい香り」「芳醇なバターの香り」などと表現されます。香りを最大限生かすためには、他の食材とのバランスがとても重要です。トリュフそのものはあまり主張させず、引き立て役として使うことで料理のグレードをアップさせることでしょう。


「お、おい……。信じらんねぇ。イカ焼きの味が全然違うものになっちまってるじゃねぇか……。香りっつうのはここまで味を変えちまうのかよ。どちゃくそ、うめぇーじゃねぇか！　すっげーなクロウ！　これは間違いなく売れるぜ！」

「ええ、間違いなく売れますね。僕も食べてみて確信に変わりました。この香りなら高値で取引されるはずです」

僕たちは、ニマニマとした笑顔で自然と力強く握手をしていた。

さてさて、ネシ子とローズはしっかりやっているのだろうか。

5　海の魔物とトリュフと水着

クロウが山で食材を探している間に、我はローズと一緒に海の食材を集める役割になった。

我としても種族同士の争い事とか難しいことはよくわからないので、イカ狩りの方がわかりやすくていい。見つけてぶん殴ればいいのだ。きっとローズもそうだろう。

「文句があるなら、ぶっ飛ばせばいいのにな」

「ドラゴンに話し合いを求めるのはナンセンスだけど、その考え方は上品じゃないわね」

「我には貴族の回りくどい話し方とか、獣人族の戦略とやらはどうにも肌に合わん」

「まあ、そうね。私も何も考えずに剣を振っている方がいいわ」

「うむ、ローズは仲間……だな」

仲間だとは思ったが、どこか気に食わないと思うのはなぜだろう。言うことを聞かないなら殴って聞かせればいい。クロウやクロウの兄がやっていることは見ているだけでも面倒くさい。あーいう回りくどいやり方は好きではないのだ。

しかしながら、これが貴族的なエレガントさというものなのではと思わなくもない。情報を集め、最善の手を打ちエレガントに解決してみせる。なかなか知能派ではないか。

一方、何も考えずに剣を振りたいとか言って、イカとの対戦を心待ちにしているローズは本当に同じ貴族と言えるのだろうか。

いや、そもそもだ。そんなローズを仲間だと認識した我も知能派とは言いがたいのではないだろうか……。崇高《すうこう》で至高な存在であるドラゴンだというのに、エレガントさに欠けるというのはいかがなものか。

ふと思い出すのは王都で着させてもらった美しいドレス。あれはまさしくエレガントの塊《かたまり》だった。我にはあのエレガントな感じの方がよく似合う。

「ローズよ。我も淑女《しゅくじょ》としてエレガントな振る舞いをしなければならぬと思うのだ」

「急に何を言いだすの、ネシ子」

「貴族というのはそういうものだろう。我もその考えを否定するつもりはない」

「さっきまで貴族的な回りくどいのは肌に合わないとか言っていた気がするんだけど」

「そもそも、ローズは貴族でありながらまったく貴族らしくない」

「まさかその言葉をネシ子から聞かされるとは思わなかったわ。まあ、否定はしないけど」

「そんなことでは剣で勝てても恋では負けるやもしれぬぞ」

「それってミルカのことを言ってるのかしら？　そもそも、私とクロウはそんな関係じゃないし、クロウがミルカを選ぶというのならそれはそれで……良くはないわね。ちょっと腹が立つ気もするわ」

「そうであろう。ということで、イカ狩りはエレガントにやってみようと思うのだ」

「戦闘にエレガントさって必要なのかしら。でも、そうね。オウル様の戦い方はエレガントと言えるかもしれないわ。洗練されたあの動きにはまったく無駄がないもの。いいわ、その考え乗ったわ！」

うむうむ。ローズも貴族としてのエレガントな振る舞いが良いものだと理解してくれたようだ。

「そうと決まれば爆速で海へ向かうぞ」

「ちょっ、爆速はエレガントでいいの⁉」

◆

ということで、すぐに海に到着した。

爆速ドラゴンライドによりローズが若干疲れているが、戦闘が始まればすぐに元気になるだろう。

ローズはなぜか剣を握れば元気になるタイプだからな。

「海に着いたはいいが、イカはどこにいるのだろうな、ローズ」

「それは、まあ、海の中なんじゃない？」

「そうか。ちょっと様子を見てこよう。ローズは待っててくれ」

疲れてるローズには少し休憩してもらって、その間、エレガントに敵の様子を窺うとしよう。

「一人で戦わないでよ。ちゃんと私も参戦するから」

「わかっておる。ローズはエレガントに休憩しておけ」

「エレガントをつければいいいって問題じゃないんだからね」

「うむ。では、行ってくる」


山と湖しか知らない我にとって、海というのは未知の領域だ。驚いたのは潜って見た景色だ。ここまでの水深は湖ではありえない。ドラゴンの我が潜って足がつかない深さというのは驚く。これがずっと先まで永遠に続いているのだ。どれだけ飲んでもなくならない量の水。

そして、驚くのは景色だけではない。海に住む生物の多さだ。魚は無限にいるし、小さなものから大きなもの、そして色鮮やかな個体もいれば、変わった個体もいる。

やけに角が尖っている魚や、蛇《へび》のように細長く牙の鋭いやつも岩場に身を潜めている。

陸の方が生物は多いものだと思っていたのだが、これは認識を改めた方がいいかもしれぬ。海は広大で豊かだ。クロウの兄が食材探しに海を選択した理由はこの豊かさゆえのことだろう。

それにしても、この広い海からあの巨大なイカを探すというのは骨が折れそうだ。

そんなことを考えていたら、さっきまでこれでもかと溢れていた小魚の群れが急に静かになっていた。一体何が起きてるのだろうか。

するど、前方から陽の光を遮るようにして、大きな黒い影が近づいてきていた。なるほど、海というのはその一瞬で雰囲気が一変するものらしい。

それにしても、向こうから近づいてきてくれるとはありがたい。あれは、すでに足が二本切れているイカ。つまり、あの時のイカということだ。

ご機嫌斜《なな》めなのか、かなりのスピードで移動しながら通りすがりの魚たちに当たり散らしている。

さて、奴を海上まで誘導するにはどうしたものか。海中だとローズは戦えないだろうし。エレガントな討伐というのもなかなか難しい。

あのスピードは少々厄介《やっかい》だな。やはりというか当たり前の話であるのだが、水中での移動は奴の方が圧倒的に速い。空や陸なら我のスピードに勝る者はいないが、なるほど海というのはなかなか面白いな。

しかし、あの怒りようを見るに、我のこと（ドラゴンの姿）を覚えている可能性もありうる。

このまま戦ってみるのも面白いが、我だけで戦ってはローズも納得しないだろう。ならば、浅瀬に誘い込むか。

ここはいったん人型に戻って海面付近まで誘導してみるとしようか。

気づかれないように人の姿へと戻ると、盛大に空気を吐き出し一気に上昇する。奴の目には苦しそうにもがいている弱った生き物のように見えることだろう。

動きはどうだ？

振り返りながら確認すると、水中で静止しながらこちらをジーッと見ている。

もう一押しか。

肺にある残りの空気を全部吐き出して、気を失ったかのように脱力し、ゆっくりと浮上していくとついに奴が動き出した。

よし、かかった。

足先を鋭くすぼめると、一気にこちらへと近づいてくる。海面付近にいる我をその勢いのままジャンプして捕食しようとしているのだろう。

さすがのスピードではあるが、海面から出た瞬間がお前の最後だ。

猛スピードで上昇してくるイカを見ながら海面にたどり着くと、足を広げた瞬間を見定めるようにしてイカの攻撃をかわす。

「ローズ、休憩は終わりだ！」

かわしながらも空中で反転するとその勢いのままイカに回し蹴りをくらわす。吹っ飛ばすのはもちろんローズが休憩している砂浜の方向だ。

イカが大きすぎるため砂浜までは届かないだろうが、水深の浅い場所まで飛ばせれば十分。

ローズを見ると、すでに剣を構えながら身体補助魔法を発動している。おそらく、あの大きなイカがジャンプした音に本能的に反応したということであろう。

クロウだとこうはいかない。あやつは追い込まれないと力を出そうとしないタイプだから。だからこそ、付け込まれる危険がある。我と変わらぬ強さを持ち合わせているくせに、心配になるのはそういうところがあるからだ。

「ネシ子！　意外と見つけるの早かったのね」

「我にかかれば、あっという間よ！」

イカを見つけたのは偶然ではあるが、ここまで引き寄せたのは我の手柄なので、もう全部我のおかげと言ってもいいだろう。

ところが、飛ばされながらも意識を取り戻したらしいイカが、その勢いのまま攻撃に転じてみせた。シュルリーっと鋭く伸びるイカの足が剣をかわすと、ローズの体を巻き取るように宙に浮かべてみせたのだ。

「なっ！　し、しまった」

我の攻撃がイカにスピードアップをさせることになろうとは予想外だった。

イカはなんとか浅瀬に着陸してみせると、ローズをさらにきつく締め上げていく。

やはり、美味しいイカといえども大型の魔物ということなのだろう。体から微量ながらも魔力まで感じる。

「うぐぁあああ」

「ロ、ローズ！」

触手に絡め取られながら魔力で何かしらの攻撃を受けているローズ。

「ネ、ネシ子、こいつ……毒があ……る」

「ちっ、すぐに助ける！」

イカの分際で毒持ちとは恐れ入る。普通にイカ焼き食べちゃったけど、問題なかったのだろうか。いや、クロウが鑑定しているのだからそんなミスは犯さないか。体から出る毒とは違い、魔法による毒と見る方がいいだろう。魔力の量はたいしたことがなさそうだが、ああやって強い敵も触手で締め上げつつ弱らせていく作戦なのかもしれない。

初見での弱さに少し舐めてかかってしまったが、術中にはまると少々厄介な相手かもしれぬ。海の中では奴に敵などそういないのだろう。

すると、イカは我を一番の脅威と踏んだのだろう。こちらを振り向くと盛大に黒い水を噴き出してきた。

「ぬ、墨か」

もちろんただの墨ということはない。魔力を帯《お》びた臭いイカ墨は海面を黒く染めていく。これも毒の可能性がある。

「そんなことよりも、今はローズの救出だな」

この程度の魔力であれば我にはたいした影響はない。

イカもローズを捕まえていて、なおかつ墨を撒いたばかりなのに我が真っ直ぐに突っ込んでくるとは思わなかったのだろう。

我の芸術的なキックが、ローズを捕まえていたイカの足を根元から一本砂浜へと飛ばしていった。

「まずは一本！」

ローズはそのまま海の中へ、我もイカ墨だらけの浅瀬に体ごと浸《つ》かってしまい、二人とも真っ黒になってしまった。

「ローズ、大丈夫か」

「え、ええ、大丈夫だけど……ネシ子、ふ、服が……」

「な、な、なぬぁあ！」

「ええ、服が溶けてるわ」

どうやらこの黒くて臭いイカ墨の効果は毒ではなく溶解成分が含まれているらしい。もちろん、我の皮膚を溶かすことなどはできぬとしても微弱な溶解。ローズにも大した影響はないっぽいのだが、布程度であれば溶かしてしまう程度の影響力があるらしい。

おそらくは強敵が現れた際、自らが逃げるための目隠し代わりに使用する墨。本来であればこの溶解成分は黒い墨がより早く水中を広範囲に広げるためのものなのだろう。

なかなか厄介な攻撃をしてくるではないか。しかしながら、こちらにダメージはほとんどない。

浅瀬に追い込まれたイカに、これ以上の攻撃は難しいだろう。

「大人しくやられるがいい！」

「ネシ子、海に誰もいないけど、前ぐらいは隠しなさい。それはエレガントとは言えないわ」

「むむむ。確かに、これはエレガントとはほど遠い姿ではあるな」

全身は真っ黒にベタベタする粘着性の高いイカ墨、あと結構臭い。

そして何よりも、イカ墨の成分により服が徐々に溶かされていて、エレガントさが大幅に激減してしまっている。ローズを見る限りでは、人の肌に影響があるほどのものではなさそうだ。

「もう、なんなのよ。このエロイカ！」

ローズが怒るのもごもっともである。イカ墨にこんな副産物的な効果が付随《ふずい》しているとか聞いていない。初見での戦闘が楽勝だっただけに正直舐めていた。

すでに周辺の海面は真っ黒に染まってしまっている。時間をかけすぎてしまうと、さらに服が溶かされ恥ずかしくて狼族の集落に戻りづらくなるだろう。着替えとかは全部容量の多いクロウのシャドウインベントリに入れているのだ。

「ローズ、最速で倒すぞ」

「そ、そうね」

触手に捕まると微弱ながら毒、そしてイカ墨は肌には影響がないものの服を溶かす。イカは海中におけるスピード特化タイプの魔物に思えたのだが、ふむ、意外にも面倒な相手だ。

こうなると、遠距離攻撃が有効的に思えるが、ローズに遠距離攻撃の手段はない。一応、一緒に倒すということで来ているので、我が一方的に倒すとローズの機嫌が悪くなりそう。

今後の付き合いもあるし、ここはエレガントに連携を取りながらイカ討伐といきたいところだ。

我の天才的な脳が弾き出す作戦は二つ。

我がイカの体力を削り、イカをローズにぶん投げてローズにファイナルアタックを任せる。

もう一つは、我がイカの体力を削りつつ、トドメとしてローズをイカ目掛けて物理的に投げる。

我が投げるスピードと相まってかなりの攻撃力アップが見込めるおすすめの戦術だ。

「ローズ、飛んでくるのと飛ばされるのはどっちがいい？　今すぐ選んでくれ」

「えええええ⁉　ちょっ、飛んでくるのと、飛ばされる？　そ、それは……と、飛んでくる方が良さげね」

少しだけ残念だ。どうせなら我のパワーを追加したファイナルアタックでエレガントにイカ討伐をしたかったのだが……。

「絶対に嫌よ」

「わかっておる」

ローズを投げ飛ばすとなるとそれなりの勢いでぶん投げるため、ローズの服が残っている可能性はゼロに等しい。その辺を瞬時に察するあたり貴族らしい選択をしたとも言える。これが女の勘というやつなのだろう。なかなかにエレガントである。

「では、我が先に奴の体力を削っていく。ローズは必殺技を頼む」

「必殺技……いいわね。任せなさい！」

王都の剣術大会でもローズの必殺技は見ている。確かオーバーラップとか言っていたな。瞬間的に爆発的なパワーを生み出すあの技はまだ未完成で、使用した後に本人が気を失ってしまう。しかしながら、今は攻撃さえ繰り出せばそれでいい。クロウのポーションもあるからすぐに意識を取り戻すだろう。

ということで、怒り心頭で墨を吐きまくっているイカを倒すとしよう。浅瀬で身動きが取れないせいか、墨を吐く以外にやることがないらしい。

あんまり近寄りたくはないが、時間が経てば経つほど我とローズのエレガントさは失われていくのだ。やるしかない。

一歩踏み出すと、イカも我を攻撃対象として認識したのかこちらを警戒する。本来十本ぐらいあったはずの足はすでに残すところ七本。二つの足で体を支えつつ、残りの五本は後方に鋭く縮こませいつでも伸ばせる体勢を整えている。

「あまり派手に攻撃すると我のエレガントさもさることながら、食材としてのイカのダメージも大変なことになる」

ただ倒せばいいというものではない。これは魔物ではあるが大事な食材でもあるのだ。力をセーブしつつも動きを止めるようなコンパクトな攻撃が必要。

「両目の間、あそこを突く」

なんとなくだが、奴から微弱な魔力が出ているのはあの辺っぽい。きっと弱点はあそこに違いない。少なくとも魔力の根源を潰せば毒魔法は使えなくなるだろう。

イカと我の距離が近づくほどに触手というか、足による攻撃が熾烈《しれつ》さを極めてくる。しかしながら、ここは水の中ではなく、身体を支えるのに足を二本使用しているため、攻撃に使える足の数もすでに五本。その分スピードも攻撃力も半減しているといっていい。

「陸で我に攻撃が当たると思うなよ」

海の中であれば多少苦戦するかもしれなかったが、足と墨に気をつけつつ懐に潜り込んでしまえばなんの問題もない。

イカの体勢を崩しつつ翻弄《ほんろう》していくと、奴の背は砂浜を向いている。

そして、もちろんローズの魔力は爆発的に高められていて技の発動はいつでも可能な様子。

「さらばだ、イカよ。次があればお前の得意なフィールドで戦ってあげてもいいぞ」

弱点と思われる場所へ、少しだけ力を抜いた一撃で、ローズの方へとぶっ飛ばす。

イカは目を回しながら綺麗な放物線を描き、待ち構えるローズの間合いへと落下していく。

「身体強化魔法、オーバーラップ！」

魔力を溜めに溜めたローズ渾身《こんしん》の必殺技が火を吹くと、イカの足が一本スッパリと切れる。

続けざまの一撃はイカの頭を狙った攻撃。

しかしながら、イカもここでようやく目を覚ましたのか必死の防御体制をとる。どうやら魔力をすべて頭を中心に展開してみせたらしい。

「ええいっっ‼」

そんなことは関係なしに振りきったローズの一撃はイカを吹き飛ばす。

パタリと満足そうに海に倒れるローズと、はるか遠くへと飛んでいくイカ。

どうやらあのイカの頭部には硬い骨のような物があったようで、ミスリルの剣でも切り裂けずに吹き飛んだということらしい。

せっかくの食材が消え去ってしまった……。

でも、大きなイカの足が二本砂浜にある。これはこれでまあ、成功ということにするか。この量があれば少なくとも三日ぐらいは持つだろう。我々に失敗という文字はない。

「なんか疲れたから帰ろうか……」

だが、イカの足とローズを背負って持って帰らなければならない……。

◇

あれからすぐに次のブラックトリュフも発見し、匂いからたどったガフリヤールさんも無事採取することに成功した。狼族の嗅覚も十分にわかったし、これなら僕の鑑定がなくても採取には問題はなさそうだ。

鑑定の結果からも、この山には多くのブラックトリュフが自生していることがわかったし、乱獲しなければすぐになくなるようなこともなさそうに思える。

「この白いトリュフは特に香りが強いんだな」

「ええ、それはさらに高値で取引されるでしょう」

この山にはブラックトリュフだけでなくさらに高級とされるホワイトトリュフもあったのだ。他にも料理に使えそうなワイルドガーリックも見つけたので採取している。

僕もガフリヤールさんもニマニマが止まらない。

「でも、あまり大量に市場に出さないようにしましょう」

「はああー!?　なんでだよ?」

「トリュフの価値が下がってしまうからです。量についてはこちらから指示を出すようにしますので、あまり採りすぎないように注意してください。量を抑えても十分すぎるほどお金は稼げます」

「そういうもんなのか。ちっ、わかったぜ」

僕のシャドウインベントリがあれば新鮮なまま保存することは可能だけど、なるべく僕が介入しない形でこのビジネスを成功させたい。

僕が絡むことにより、僕の仕事が増えてしまうことは避けたいのだ。のんびりスローライフを目指す僕にとって、Bランクポーションの販売だけでも十分すぎるのだから。

ということで、この商売はなるべく関わらない方向で動かせてもらう。

もちろん、この宝の山であるブラスト一族の場所を守ることは大事だ。一応、山に誰も入れないような警備体制も必要になると思うし、トリュフの乱獲も避けたいところ。

山の資源を保護しつつ、高値でトリュフを売りさばく。そうすることで狼族の暮らしも良くなるし、人と関わることで困った時の助け合いも可能になる。


一通り採取が終わって集落に戻ってくると、ホーク兄様が白い衣装の集団と話し合いをしている姿が見えた。近くには分身体と思われるクネス大師。

どうやらゴズラー教と無事に合流してここまで荷物を運んでもらったらしい。

「ホーク兄様、ただいま戻りました」

「その笑顔は期待してもいいのかな？」

ガフリヤールさんが背負っているカゴの中には、大量のトリュフやワイルドガーリックが見えている。

「バッチリです。ただ、これを売るにはそれなりの根回しや社交界でのアピールが必要かもしれません」

「社交界。つまり、それらは貴族向けの品になるということだね」

「はい。まずは試食してもらった方が話が早いですね。こちらをどうぞ」

ガフリヤールさんに出したようにイカ焼きにブラックトリュフをスライスした物を提供すると予想以上の好反応を得られた。

「なるほど。香りを楽しむ食材か……。スパイスみたいな物だね。クロウ、これは間違いなく貴族受けする食材だよ！　展開については僕に任せてもらえるかな」

「はい、ぜひお願いします」

僕に貴族の知り合いはいないので、このあたりはホーク兄様にお任せした方がいいだろう。アドニス王太子も今は自治区のことでいっぱいいっぱいだろうからね。

ホーク兄様が貴族向けと判断したからには価格設定も流通量についても上手く調整してくれるはずだ。

問題があるとすれば、流通経路と卸先《おろしさき》になるか。

「問題ないよ、クロウ。その点についてはクネス大師とゴズラー教にお願いをしようと思っているから」

何も言っていないのに、僕の表情だけで懸念《けねん》事項を把握したらしい。

「つまり、ゴズラー教でブラックトリュフの仕入れを行い、王都へ運び入れるということですか」

「山でこのブラックトリュフが採れることを知られないようにする必要があるのだろう？　ならば、秘密裏《り》にゴズラー教に動いてもらえば情報が漏れる心配はないし、警備も兼ねて動いてもらうよ」

「さすがホーク兄様です」

「師匠、ゴズラー教としても資金を得られるので活動しやすくなります。探りが入りそうな場合は私のシャドウインベントリに入れてしまえば見つかりようがありませんし、さらにゴズラー教で情報操作すればバレることもないでしょう」

「この食材がキノコであることもしばらくは隠した方がいいと思う。その方が人気が出やすいだろうからね」

「はい、そのあたりはホーク兄様にお任せします」

トリュフ自体がキノコっぽい見た目をしていないので大丈夫だろう。貴族向けに社交界に出していき、徐々に高級レストランへと流通量を増やしていけばいい。

ゴズラー教が間に入ってくれるなら、王都で狼族向けの食材を仕入れてもらうことも可能だろう。

そうすればこの集落が食べ物に困ることはなくなる。

なんとなく集落全体に希望の光が見えてきたところで、僕の頭の中にネシ子の声が響いてきた。

『クロウ、緊急事態だ。集落の外にいるから誰にも気づかれずに一人で来てくれ』

何やら緊急事態らしい。確かローズと二人でイカ狩りに行ってもらったはずだが、何かあったのだろうか。でも、集落の外にいるというし、いったい何が緊急事態なのだろうか。

まあ、行けばわかるか。

◇

「こ、こっちだ。誰もいないだろうな」

大きな木の裏に隠れるようにしてネシ子が手を振っている。背中にローズを担ぎながら、後ろにはどでかいイカの足も見えている。

どうやら無事にイカの足を狩ってくることに成功したらしい。

「そこで、ストップだ」

「えっ、なんで？」

「いや、今はそのエレガントではないから着替えの服を出してくれ」

なるほど、海へ戦いに行ってるので濡れて着替えが必要ということか。

「あー、ごめんごめん。気づかなかったよ。先に着替えを渡しておけば良かったね」

「い、いや、止まれと言ってるだろ。おいっ、そこから動くな！」

何をそんなに慌てているのか。すると、濡れているだけだと思っていたのに、そこにはほぼ服がない二人の姿があった。これは水で濡れているというより服が溶けてしまっている……。

「い、いつまで見ておる！　は、早く服を出さんか。あと、タオル！」

「あっ、ご、ごめん、ごめん」

なぜに服が溶けてしまったのかわからないが、早く着替えを出さないといろいろとまずい。ローズは気を失っているようだからまだ良かったけど、目覚めたら何を言われるかわかったものじゃない。

こういう時にディアナがいれば丸投げできるのに、今は女性といえばミルカぐらいしかいないので、ここはネシ子に任せるしかない。ミルカとローズって微妙な距離感あるんだよね。

「というか、ローズは大丈夫なの⁉」

「例の必殺技で気を失っているだけだ。そんなことより早く着替えを出せ！」

「は、はい。服を出したよ」

「うむ、すまぬ」

後ろを向きながら、タオルと二人分の服をネシ子に渡すと、すぐにネシ子は着替え始めたっぽい。

「その、ローズの着替えを任せてもいい？」

「いや、ポーションをかければすぐに目覚めるだろう」

「ま、まだ目覚めさせちゃダメだよ！」

「こ、こっちを見るな！」

「あっ、ごめん」

「その、なんだ。ありがとう」

ようやく着替えが終わったのか、ネシ子は落ち着きを取り戻したようだ。

「お礼を言うなんて珍しいね」

「礼を言うのがエレガントというものだろう」

「そういうものなのかな？」

何がエレガントなのか意味不明だが、お礼を言えるドラゴンは確かに珍しいかもしれない。昔のネシ子なら問答無用で殺そうとしてきただろう。

「ほら、早くよこせ」

「えっ、何を？」

「ポーションだよ」

「えっ、持ってなかったの？」

「楽勝だと思って持っていかなかったんだ」

そういえば、初見の時はあっさり足を刈り取っていたはずなのに、今回はえらく苦戦したような感じが見受けられる。

「イカ、そんなに強かったの？」

「強くはないが、条件次第ではなかなか厄介な相手だな。海というのは面白いものだな」

ネシ子がいてローズが必殺技を使うほどの魔物だったとは驚いた。足を二本だけということは、本体はまだ生きているということだろうか。それとも、ネシ子とローズによって食べる部分がないほどにぐちゃぐちゃにされたかのどちらかであろう。

「あっ、これポーションね。僕は何も見てないし、着替えを渡してすぐ集落に戻ったっていうことにしといてよ」

「うむ。その方がローズもいいだろう」

後ろ向きでローズの着替えを渡すと、僕はすぐにその場を離れることにした。

二人はこれからも海へ食料調達に行かないとならない。そうなると、海の中でも戦える装備という物が必要になるか。

水中でも動きが阻害されることなく、濡れても大丈夫な素材、あとは服が溶けないような物かな。

水中での戦いなのだから防具は重すぎて使えない。というか、ネシ子はともかくローズは溺《おぼ》れてしまうだろう。

となると、身軽に動けることを優先すれば普通に水着になるか。強い撥《はっ》水《すい》効果があれば服が溶けるのもある程度防げるはず。しかしながら水着がこの世界で作れるのだろうか。

ふと、森の中を見ると池に蓮《はす》の葉が浮いているのが見えた。この池は山からの湧き水を溜めて集落の水瓶《みずがめ》として使用しているのだろう。それにしても、蓮はどういう構造で浮いているのだろう。というか水を弾いて浮いている。あの原理を利用すれば、水着も作れるようになるのではなかろうか。

よし、困った時は鑑定さんだね。

【ロータスの浮き葉】
池に自生する普通の水生植物。葉に細かい繊毛《せんもう》が付いており、この繊毛が撥水性を持つことで超撥水性を得て水に浮くことができる。小さな子供なら葉の上にも乗れる。

なるほど。さすがに現代のような撥水素材で水着を作るのは難しいけれど、繊毛とやらを水着の表面に付けることで撥水効果は期待できるかもしれない。

「どうしたんだいクロウ、難しい顔して」

ホーク兄様が、集落に戻ってきた何やら思案顔の弟を気遣うように声をかけてくれた。このジェントルスタイルが、王都で数多《あまた》の令嬢からモテモテな要因の一つであることは間違いない。

「実は海チームの二人に、水の中でも動きやすくて撥水効果のある服を作ってあげたいなと思いまして」

「水の中で着る服？　ちょっと待って、撥水ってどういう意味かな？」

「あっ、すみません。撥水効果のある服というのは水を弾く布と言えばいいでしょうか」

「そんなことが実現可能なのかい⁉」

「実はさっき集落近くの池に自生しているロータスを鑑定しまして……」

一通り僕の話を聞いたホーク兄様が頭を抱えていた。

「いや、待て。まずは先にトリュフを売るための戦略を練ることが重要なんだ。それにしても、水を弾く布だと……」

どうやらトリュフ戦略を練っていたホーク兄様を混乱させてしまったらしい。その、なんだかごめんなさい。

混乱から立ち直ったらしいホーク兄様が、自分の考えを僕と共有したいとのことで、ガフリヤールさんとクネス大師を呼んで、今後についての話し合いをすることになった。

「えーっと、とりあえず水を弾く布については、また後で話をしようか」

「あっ、はい」

◇

ということで、仕切り直したホーク兄様が話し始める。

「それで、みなさんに集まっていただいたのは販売ルートについて話があったからです」

集落ではイカ焼きと若干のワイルドボアの肉が焼かれていて、香辛料として塩や胡椒、そしてブラックトリュフの試食を兼ねて振る舞っている。外は騒がしく、そして楽しそうな声が聞こえてきている。

お腹ペコペコの狼族のみなさんに香りを楽しむ余裕があるかはわからないけど、トリュフの香りだけでも覚えておいてもらいたい。

その香りが今後の糧《かて》となり生活を豊かにしてくれるのだから。

「ガフリヤールさんは集落で集めたトリュフを、こちらのゴズラー教のクネス大師に販売をしてください」

「そいつは、信用できるのか？」

そう言って僕の方を見るガフリヤールさん。確かに人との接触をしてこなかった狼族にとってそのあたりは不安なとこだろう。クネス大師の見た目は商売人の明るい雰囲気ではない。まあ、人じゃなくてドラゴンなんだけど……。

「この方はこう見えてドラゴンなので信用というか、そういう次元ではない生物ですね」

「ド、ドラゴンだと⁉」

「あっ、ご紹介いただきましたクネスです。もうすぐゴズラー教の導師になるダークネスドラゴンです。どうかよろしくお願いします」

「ドラゴンが人社会に入り込んで教団のトップをしてるだと……。そ、それにしても、ずいぶん低姿勢なドラゴンなんだな……」

「ドラゴンにもいろいろな性格があるんですよ。私は面倒くさい争い事とか苦手なタイプなので、立ち回りで乗りきる感じなんです」

「やっぱり、ドラゴンというより、まるで人みてぇーだな。俺らも今後はそのあたりを学ばねぇーとならねぇのかもしれねぇな。これも時代ってやつか」

人との触れ合いを極力排除してきた狼族にとっては、クネス大師の行動というのは勉強になるのかもしれない。彼の場合もまた生きるための行動であり、そのあたりは確かに狼族と近いものがある。

孤高のドラゴンでさえ、生き残るために人社会に入り込むのだから。まあ、クネス大師はちょっと特殊かもしれないけど……。

「ガフリヤールさん、ゴズラー教は宗教団体でありながら。ウォーレン王の直属の諜報《ちょうほう》機関でもあります。このトリュフは様々な貴族から調査の手が入ると思われますが、ゴズラー教であればそのあたりもカバーできると思います」

「てめぇーの山ぐらいは俺らで守るぜ」

「もちろん、それはお願いしたいと思います。しかしながら、商流から追われると、どうしてもこの山にたどり着く可能性は否定できません」

と、ここですかさずクネス大師が割り込むように口を挟む。クネス大師も教団の新しい仕事に前のめりなのだ。

「そこで、ゴズラー教です。私どもなら商人のキャラバンとは思われませんし、王都の門はフリーパスで通過できるので積荷のチェックもありません」

「王都での販売については、信頼の置けるエルドラド家のお抱え商人に任せます。そうすることで、生産地をこの山ではなくエルドラド領や魔の森に視線をずらすこともできます」

どうやらホーク兄様は、スチュアート商会を王都におけるトリュフの販売窓口にするらしい。まあ、スチュアートなら自治区の利益を捨てるような行動は絶対にとらないので安心ではある。

「そこでクネス大師には、分身体に王都のスチュアート商会とこの山周辺の警備をお願いしたいのですが、いかがでしょうか？」

「ええ、問題ございません。追加で馬車が何者かに追跡されるようなら、その偽装工作もいたしましょう」

そう言って、クネス大師は僕に親指を突き出してきた。とても褒めてもらいたそうな顔をしている。

何者かに馬車が襲われたとしても、クネス大師の分身体が警護していれば安心だし、シャドウインベントリでトリュフを隠してからわざと積荷を見せて、ルートを混乱させるような動きも可能だろう。

「ここまでの話でクロウはどう思う？」

頭のいいホーク兄様が僕に意見を求めるのは意外だ。昔の僕になら考えられないことだ。ホーク兄様なりに僕のことを少しは認めてくれているのかもしれない。

「完璧だと思います。いずれトリュフが山から採れるキノコだと判明しても、この香りを追って採取できるのは人には無理ですしね。あっ、ガフリヤールさん、他の獣人でこの香りをたどれそうな種族っていますか？」

「いや、いねぇーな。少なくともこの大陸にいる獣人で鼻が利くのは俺たちぐれぇーだ」

「ならひと安心ですね。この商売はしばらくの間は安泰《あんたい》なはずです」

「俺たちもバレねぇように気をつければいいんだな。ただ、羊族はどうする？」

この商売はきっと上手くいく。ただ唯一の懸念は羊族だ。広場には美味しそうにワイルドボアの肉とイカ焼きを頬張るミルカがいるのだ。

大人の狼族からは奇異な目で距離を置かれているものの、子供たちからは角《つの》やクルクルの髪の毛をいじられながら、すっかり打ち解けているミルカ。とにもかくにも一緒に仲良くご飯を食べているのはいいことなんだけどね。

「大丈夫ですよ。彼女はクロウの言うことならなんでも聞くでしょう」

「ホーク兄様!?　いやいや、それはどうでしょうか……」

嫁にもらってくれとヤック長老に言われ、若干その気になってしまっているミルカの乙女心《おとめ》を利用しろということなのだろう。こういう考え方は貴族的には普通なんだろうけど、僕にはちょっと苦手だ。

さて、どうしたものか。

集落の端っこでたくさんの狼族の子供たちに囲まれてイカ焼きを食べているミルカ。その周りだけ種族的な争いが嘘のように楽しそうな空間が広がっている。

大人たちも遠目で見て、ミルカと子供たちの触れ合いを心配しながら、そしてちょっとだけ微笑ましく見守っているように感じられる。

なぜこの二つの種族がこうも仲が悪くなってしまったのか。そんなことは僕にはわからないけど、若い世代の交流は今のところ順調そうにも思える。

「ミルカ、ちょっといいかな」

「話し合いは無事に終わったの？　あたしに手伝えることがあるならなんでも言ってほしい」

この言葉に嘘はないだろう。狼族の子供たちとも楽しそうに触れ合っているし、何かしてあげたいと今も目をキラキラさせているのだから。

「ミルカお姉ちゃん、怒られるの？」

「な、なんでよ。お、怒られないよね？　ねぇ、クロウ」

「うん、怒らないよ。なんでそう思ったのかな？」

隣で心配そうにミルカの服を握っている狼族の女の子が、そう僕に聞いてきた。

「あのね、お母さんがね、羊族の人は悪いことをする人が多いんだって言ってて。で、でもね、ミルカお姉ちゃんは、とっても優しくていっぱい遊んでくれるの。だから、いじめないであげてほしいの」

「いじめないよ。ちゃんと約束する。君の名前は？」

「リリンカ」

「リリンカ、ミルカと一緒に遊んでくれてありがとうね。ちょっとお姉ちゃんと大事なお話があるから借りてもいいかな？」

「うん、いいよー。でも、ミルカお姉ちゃんをいじめたら噛みついちゃうんだからね」

「うん、わかったよ」

見た目以上に、仲が良くなっていたらしい。子供たちの心はすっかり掴んでいる模様。ミルカはリリンカの頭を優しく撫でてあげると、僕のあとを追うように集落の外に出た。

大人同士はなかなかしがらみもあるから急に仲を改善するのは難しい。それでも、若い世代だけでも交流があればなと思う。そうすれば今回のようなことは起こらなかったかもしれないのだから。ただ、これは他種族間での問題なのでよほどのことがない限り、僕らが関わるべき問題ではない。

「お、怒らないのよね？」

「何か怒られるようなことしたの？」

「してない、してない！　ちゃんとクロウのお兄さんにナミュルソースを売ってる場所やスパイスのお店を紹介したし、ここの集落でも子供たちと仲良くしてたんだから」

「うん、えらい、えらい」

「そ、そうでしょう？」

「羊族は狼族のことが嫌いなんだと思ってたけど、ミルカは違うんだね」

「小さい子は嫌いではない。可愛くて素直だから。私を見ても嫌悪《けんお》せずに近づいてくるし、種族が違うからとか、人と交流があるからとかで差別しない」

なるほど、それで子供たちと一緒にいたのか。おそらく、一人で寂しそうにイカ焼きを食べていたミルカに子供たちの方から近寄ってきてくれたのだろう。

さて、どう切り出したものか。

「クロウはすごいわね。あっという間に狼族の輪に入って信頼を勝ち取ってしまった。それに比べて羊族は何百年も隣人でありながら、ちゃんと話し合うことすらしてこなかった」

「話をまとめたのはホーク兄様だよ。実際、僕は少しアイデアを出しただけだしね。それより今回のこと、ミルカはどう思っているの？」

「狼族の大人は頭が固い。こんな状況になるまで誰にも助けを求めなかったんだもの。クロウが来るのがちょっとでも遅れていたら、きっと何人もの餓《が》死《し》者が出ていただろう……。ただ……羊族も近くにいながらそのことを気づいてあげられなかった」

ミルカはさっきまで一緒にいた、痩せ細ってしまったリリンカを思い悔いているのだろう。

隣人であっても交流がなければ何も知ることはできない。それは彼らの歴史であったり、種族的な相性の悪さもあったのだろう。

「僕たちは狼族とこの集落を守るために力を貸そうと思う。でも、それはヤック長老からしたら良く思わないことかもしれない」

「そうね」

「ミルカは、これからどうする？」

「あたしは、もっと狼族と話し合いをするべきだと思う。でも、それは今の代ではまだ難しい。だから、クロウたちがやろうとしていることは黙っておく」

「いいの？」

「あの子たちの痩せた姿を見て、反対することなどあたしにはできない。あたしはあたしなりに、狼族との仲が改善できるように動いてみようと思う」

「そっか、ありがとう」

ミルカの言葉を信じようと思う。おっちょこちょいな性格だから何かの拍子にバレてしまうこともあるかもしれない。それでも、この二つの獣人族の未来のために少し期待したい。

まあ、念のためブラックトリュフの探し方とか自生エリアについてはミルカには内緒にしておくつもりだけど。

「山に珍しい植物があったとしても、それは狼族の物であって羊族の物ではない。羊族は一足早く人との交流をしてきたけど、狼族もそれがようやく始まっただけのこと。これからは隣人としてももう少し距離を縮めていけたらと思っている」

「そうだね。二つの種族の未来に幸《さち》があることを祈っているよ」

代替わりしたばかりのガフリヤールさんと羊族の長老家系のミルカはともに若い。こういうのは若い世代がしがらみなく乗り越えていくものなのかもしれない。

◇

集落でトリュフパーティーが進むなか、ミルカとガフリヤールさんが少し話し合いをすることになった。

まあ、僕の方からガフリヤールさんにそれとなく話を振ったんだけど、二つ返事で了承してくれた。ガフリヤールさんも今回のことでいろいろと思うところがあったのだろう。

そして、驚くことに話し合いはガフリヤールさんの謝罪から始まった。おそらくだけど、集落の危機を脱することができ、心にゆとりができたこともあるのだろう。

目を逸らしながら軽く頭を掻きつつ、「なんつーか、その、すまねぇ」との一言ではあったけど、なんとなくこれで二つの種族が少し前に進めそうな気がした。

ミルカも羊族の集落に戻って街道の封鎖の件が無事に解決したことを報告するだろう。


さて、僕はというとホーク兄様に捕まって水着の試作をさせられている。

ホーク兄様が取り急ぎやらなきゃならないことは、トリュフという新食材の貴族社会への紹介になるんだけど、今現在、山の中にいるので特にやることもないのだ。

一応、王都へ手紙を出したり、森にいる生徒たちへの指示もやっているけど、暇といえば暇なのかもしれない。まあ、目処《めど》が立ったという意味ではいいことなんだけどね。

追加の買い出しとかは、魔法学校の生徒に任せるようだし、得意の火属性魔法で海へイカ狩りに行けばと話を振ってみたら、ネシ子とローズから猛反対があったので「水着作ろうよ」となったらしい。

女子チームの猛反対は間違いなく先の戦いで服が溶けたことが原因だろう。その場にいるのが女子だけならまだしも、そこに男子がいると、いろいろと問題があるのは確かだ。

「クロウの方は大丈夫なのかい？」

「あっ、はい。アドニス王太子に手紙を送りましたので、すぐに手配していただけるでしょう」

僕も何かできることをやろうと思い、試験的に進められていたラリバードの養鶏をこの集落に提供することにした。

人が住むような場所だとヒーリング草が育たないから、錬金術師とヒーリング草畑がセットになるのがデメリットだったが、この山にはヒーリング草が自生していることを確認しているのでラリバードの餌《えさ》には困らないだろう。

集落に卵があれば栄養面でもかなり助けになってくれるはずだ。

「それにしても、細かい繊毛があることで水を弾くのか。これは大発見だよ、クロウ」

上手く繊毛付きの生地にすることができれば雨具や戦闘服などへの利用もされていくだろう。もちろん、水着や水を扱う仕事関係の方にも喜ばれるはずだ。

「問題は繊毛の再現と強度でしょうね」

ロータスの葉を詳しく調べてみたところ、確かに繊毛があることがわかったのだけど、それは今の世界で再現可能な縫製技術ではなさそう。

「手で触るとわかるけど、見た目にはわからないね。これを裁縫で作るとなると、さすがのクロウでも難しいか……」

ちなみに生地で再現するとなると、耐久性の問題で、例えば洗濯するごとによれてしまい繊毛が潰れてすぐに水を弾かなくなってしまうだろう。

そうならないためにも、ここはしっかり錬金術を使わせてもらう。生地に細かい繊毛を付ける作業、繊毛がよれてしまうたびに強度を保つための強化。これらを錬金術でクリアしてしまえばいいのだから。

僕が今まで錬金術スキルで作り上げたもので、汎用性の高いものといえば物質加工だ。土から壁を造ったり、骨から武器を製作したりなど。

「生地から作り上げるのは僕でも難しいと思います。でも、このロータスをそのまま使ってしまえばいけると思っています」

「ロータスをそのまま？　これ、でも、草だよ？」

僕の錬金術スキルをちゃんと見たことのないホーク兄様にとっては不思議に思うことだろう。しかしながら、その無茶を魔力と想像力でなんとかしてしまうのが錬金術スキルなのだ。

「上手くいくかどうかわかりませんが、まずは見ていてください」

そう言って、僕は摘んだロータスに魔力を流し込んでいく。ブラックバッファローの骨を加工する時も、ある程度魔力を流しきることで急に加工しやすく、柔らかくなる瞬間が来るのだ。その瞬間を見極めて一気に加工していく。

おそらくだけど、僕の魔力量が変化させる物体の一定の基準を超えることで物質の変成ができるのだと思っている。

そうこうしているうちにロータスが光に包まれるように輝きだす。これが一定の基準を超えたということ。

「クロウ、なんか光ってるけど、それ大丈夫なの⁉」

「ええ、ここからが本番です！」

錬金術スキルのすごさをポーションとギガントゴーレムだと思っているホーク兄様に、しかと目に焼き付けてもらおう。これが錬金術スキルの真骨頂《しんこっちょう》であると。

「錬成、ビキニ水着！」

僕の思い描く女性用水着。簡易な装着性、戦闘時の動きやすさを考えてこの形になった。あと、どうせ流行らせるなら生地のサイズがコンパクトで、紐《ひも》で調整できるタイプが汎用性が高いと思ったのだ。

「か、形が、変わっていく……」

ロータスはビキニ水着のバストを覆うタイプとパンツタイプの二種類に錬成された。両端には紐を通せるように穴を空けており、その周りを強化している。売り物にする時はここをドワーフ兄弟と相談してさらに金具で補強させよう。

ということで、とりあえず水着は完成した。着心地とかは一切考えていないので、それは今後の課題にしていく。

錬金術師に繊毛の強化をしてもらわないと水を弾かなくなるので、水着の販売だけでなく、定期的な収入に繋がるのは錬金術師にとってもいいことだろう。

「ついでなので、ロータスから紐も錬成してしまいますね」

「あ、あ……う、うん」

これなら僕たちも一緒に海へ食料集めに行っても大丈夫だろう。男性用の水着もホーク兄様と自分の二つを作っておこう。

水を弾く服という怪しげで布範囲もかなり少ないビキニを見て二人の反応は、どうにもいまいちな様子で眉間にしわを寄せていた。

「こんなのが水を弾くのか。こんなペラペラじゃ簡単に溶けそうだぞ」

「私、緑じゃなくて赤がいいんだけど」

ローズは赤が好みらしい。まあ、色ぐらいならあとで調整してあげよう。

「色が変えられるのなら、我は青を所望する！」

水を弾くのならイカ墨も大丈夫だと思う。肌に影響はなかったというのだからおそらく問題はないだろう。紐も念のためロータスを使ってるしね。

「水を弾くのか心配なら池に投げてみなよネシ子。たぶん、水を弾いて浮かぶはずだから」

「こんなのが浮かぶわけがないだろう。ほぉーれっ」

ネシ子が投げたビキニはゆるやかな放物線を描いて、見事池に着水。そして、そのまま沈まずにぷかぷかと浮かんでいる。

「ネシ子……ちゃんと、浮かんでるわよ」

「むぅ、石を投げてみるか」

「ちょっ、ネシ子！　水着には当てないでよ」

「わかっておる。周りに落として水面を揺らすだけだ」

小さめの石を近くに落とすと水面に波紋が広がっていく。もちろん、こんなことで水着はビクともしない。

「ふんっ！　ふんっ、ふんっ、ふんっ！」

いっこうに沈まない水着を見て変なスイッチが入ってしまったのか、石のサイズとその数がどんどんと増えていく。

「や、やめてよ。狼族にも怒られるよ」

この池は集落の水瓶でもあるので、水が濁るようなことはやめた方がいい。せっかく食料難を回避し、二つの種族の仲直りが進みそうな雰囲気をぶち壊さないでもらいたい。

「ま、まさか、本当に水を弾いているのか……」

「また変な商品を作ったわよね……」

「見ろ、ローズ。ここに水滴が乗っかってるぞ。生地に水が染み込んでない。これなら服が溶けることはなさそうだ！」

「なんで布が水を弾いてるのよ！」

布のように見えるけど、それはロータスの葉を錬金術で加工した物で厳密には布ではない。触り心地とかは普通に布っぽくしてるけどね。まあ、少し厚みのある布のような物とでも言えばいいだろうか。

今後は肌に面する部分の触り心地とかを改良することでさらに良い物になるだろう。

6 海獣《かいじゅう》ケートゥスと水の精霊さん

ということで、僕たちは海へやってきた。

この潮の香りと波の音。美しく続く白い砂浜。パラソルでも立ててのんびり昼寝したい気分である。

そんな僕の気持ちとは関係なしに、水着に剣を持ったまま準備運動を入念に行うローズ。そして、ネシ子は海の遠くを警戒するように探っている。

そんな二人の姿を見て、ホーク兄様も若干困惑気味だ。

「イカの大きさから、それなりに警戒すべき相手であることはわかっているんだけど。君ら二人がそこまで危険視する相手なのかい？」

「クロウの兄よ。油断すると足元を掬《すく》われるぞ。奴は水の中でなら我よりも速い」

「足の吸盤からは針で毒魔法を注入してきます」

それから！　っと、言わんばかりに声を揃えて強調してくる。

「イカ墨は服を溶かすのだ！」

「イカ墨は服を溶かすのよ！」

二人とも服を溶かされたのが相当嫌だったらしい。

「この水着だったら水を弾くから平気でしょ。海の中でも動きやすいし」

「本当にあのイカ墨を弾くのかはまだわからんではないか」

「それに生地面積も少ないから、心許《こころもと》ないというか、ちょっと恥ずかしいのよね。この紐だけというのがちょっと……」

「まあ、慣れたら気にならなくなるよ。生地が少ない分、水の抵抗がないから動きやすいんださ」

恥ずかしそうにしているローズはなんというか珍しい。お望み通りに赤いビキニにしてあげたのになな。まあ、この世界に水着なんてものはないから下着と変わらないような姿に困惑気味なのは理解できる。一応貴族の令嬢だしね。

一方で青いビキニを着ているネシ子は堂々としたもので、すでに海の中へと入りその効果を確かめている。

「すごいぞ、ローズ。これは普通の生地のように水分を含んで重くならない。これならしっかり動ける！」

試作品としてはなかなかの出来栄えのようだ。水着、売れるかもしれない。

でも、戦闘職でもない一般の方が海へ海水浴に来るというのはちょっと想像できない。なぜなら海の中には魔物が多いし、警備するにしても範囲が広すぎる。

可能性があるなら警戒しつつの川遊びとかになるだろうか。ネスト自治区では安心安全に湖遊びができるけどね。

「おいっ、そろそろ奴を探してくるぞ」

「あっ、うん。よろしくね」

前回はネシ子が海へイカを探しに行き、浅瀬へ打ち上げたところをボコボコにしたらしい。

今回も似たような感じになるのだけど、僕がいるので浅瀬に打ち上げてからは、その場所を氷で固めて動けなくさせる予定だ。

その後は、ローズとホーク兄様が二人でボコボコにする流れ。

「剣だけで戦うというのは新鮮だね。僕が魔法を使うとイカが焼けてしまうからね……」

細かな調整はできるのだろうけど、ホーク兄様の得意な魔法は火属性魔法になるので、普通に戦ってしまうとイカが美味しくなってしまう。というか、焦げてしまうだろう。

せっかくのご馳走《ちそう》なので美味しくいただきたい。ということで、剣に専念してもらうことにしてもらったのだ。賢者候補のホーク兄様にはちょっと申し訳ないのだけど、火の方は調理工程でお手伝いいただこう。


ネシ子が海へ飛び込んでからしばらく経つものの、いっこうに戻ってくる気配はない。

まあ、これだけ大きな海なので、そんな簡単に見つかるものではないのかもしれない。それに昨日の今日ではイカさんも警戒しているだろう。

「で、ローズ。前回、ネシ子はどのぐらいでイカを見つけてきたの？」

「結構早く見つけてきたけど、今日は少し苦戦してるみたいね」

「なんで苦戦してるってわかるの？」

「あっちからイカの気配を感じないからよ。私だってちゃんと索敵《さくてき》を学んでるから近づいてきたらわかるのよ。クロウならもっと細かく気配をたどれるんじゃない？」

なるほど、僕の鑑定さんも進化しているから大きな海の中でも少しずつ範囲を広げていけば近づいてくる気配ぐらいならわかるかもしれない。

あれだけ大きなイカさんだから保有している魔力もかなり強いだろう。あと、魔力といえばネシ子の動きを追っていれば簡単かもしれない。ドラゴンの魔力以上に強い魔力なんてそうあるものではないから。

そうして調べてみると、何やらそのドラゴンの魔力が右往左往《うおうさおう》と動き回っていて慌ただしい。

「あ、あれ？　なんか様子がおかしい？」

「な、何かしら。魔力が大きくて、とても速いわ」

まだ少し遠い位置だけど、大きな魔力が暴れ狂うように動き回っている。もちろん、それはネシ子のものではなくて、きっとイカさんでもなさそう。いや、正確に言うとイカさんも一緒にいるっぽい感じかな。

ジャポーン！

そうして海から飛び上がるように出てきたのは、足の本数が少ないイカとネシ子。

なぜか両者は戦うことなく、なんなら一緒に逃げている。そして、こちらを確認すると大きな声で訴えてきた。

「クロウ、逃げろ！　ヤバいのがついてきた！」

「えっ、えっ、どういうこと⁉」

ネシ子とイカを追いかけるように、海面を埋め尽くすほどの巨大な影が色濃く浮かび上がってくる。

ネシ子が連れてきたのはイカ、そしてそれを喰らわんとするのは巨大な白いクジラだった。

「す、すまん。でかい海獣を連れてきてしまった！」

「えええええっ!!」

巨大なクジラのような海獣は空へとジャンプして逃げようとしたイカを飛び上がりざまに丸飲みすると、そのまま海面に体を叩きつけるように再び海へと潜っていく。

ネシ子とローズが苦戦したというイカさんをあっさりと丸飲みだ。

イカさんも足が健在だったら、もう少し早く逃げることができたのかもしれない。それにしても狼族の食料を丸飲みしてしまうとは……。

っと、それどころではないか。

「鑑定！」

【ケートゥス　ランクS】
海に生息する巨大な海獣。寿命はおよそ五百年から千年と言われている。白い体表には青い魔法紋が刻まれており水魔法を発動する。魔法は魔法障壁と回復魔法、そして氷結魔法を得意とする。

【リッテンダイオウイカ　ランクB＋】
リッテンバーグ沖を縄張りとしていた大型のダイオウイカ。プリッとした食感は食べ応えもあり、リッテンバーグ名物のナミュルソースとの相性は抜群。

なんかイカさんの鑑定もしてくれたみたいだけど、ほとんどグルメレポートになってるのはどうして？

いや、今は少しでも情報をみんなに伝えなければならない。

「魔物ランクSです！　属性は水と氷！」

そして、この大きな魔力に臆することなく、すでに戦闘準備を始めているのが僕以外の二名。

ホーク兄様は魔法の詠唱でその魔力を高めているし、ローズはいつでも発動できるように必殺技の準備を始めている。

「永劫《えいごう》なる深淵《しんえん》の脈動よ、我が詠唱の元に今ここに具現し、すべてを焼き尽くす豪火《ごうか》を召喚せよ。我が掌《てのひら》に黒焔《こくえん》となり集結し、かの者を焼き払え！」

「身体強化魔法……」

「ヘル・フレア！」

おそらくはホーク兄様が扱える最高位レベルの火属性魔法だろう。なんのためらいもなく放つあたり状況判断がずば抜けている。

僕だったらまず本当に敵なのかとか確認しちゃうだろうからね。実際どうなのかわからないけど、再び海上に現れたケートゥスはイカに飽き足らずネシ子も追いかけ始めているので、やはり話の通じる相手ではなさそう。

そして、ケートゥスが海から顔を出したタイミングを違えずにホーク兄様のヘル・フレアの黒炎がクリティカルヒットする。

クオオオアアーーン！

紅《あか》く光るケートゥスの瞳がジロリと僕を睨んでくる。

いや、攻撃したのは僕じゃないんです。隣のホーク兄様なんですが……。

そして、ケートゥスは体を宙に浮かせたまま、こちらを敵として認識したらしい。体表の魔法紋が青く綺麗に輝き始めた。あれっ、宙に浮くってことは海からも出れちゃうの!?

いや、それどころではない。まずはなんの魔法なのか調べなければ。

「鑑定！」

【氷属性魔法アイシクルスピア】

上位の全体攻撃魔法。一面に魔力で強化された氷の槍《やり》が降りそそぐ。

「攻撃魔法が来ます、僕の後ろに！」

海にいるネシ子は間に合わないけど、ホーク兄様とローズは近くにいたのですぐに集まることができる。ネシ子は……頑張って避けてくれ。一応、アイスドラゴンだし氷に耐性はあるだろう。

あっ、いや、召喚すればいいのか。

「ネシ子、召喚！　あと、錬成、土壁をドーム状に！」

砂で造らないとならない土壁なので若干心配ではあるものの、その分魔力は惜しみなく注ぎ込ませてもらう。

ケートゥスの周りには大量の魔法陣が浮かび上がり、ゆっくり回転を始めると氷の槍が生み出されていく。その数は数えるのも面倒なほど、千とか超えてないだろうか……。

「だ、大丈夫なのクロウ？」

「ど、どうだろうね」

すでに土壁で覆ってしまったので外のことはわからない。見えないというのは不安にさせる。そんなローズの気持ちは僕もわかる。

そして、間髪容れずにドスンっと激しい音が聞こえてきた。浜辺一帯に氷の槍が突き刺さっているのだろう。ドーム状の土壁にも何発か槍がぶつかっているのは揺れやその衝撃からもわかる。

しかしながら僕も衝撃を受けるたびに魔力を注ぎ補修していく。土壁の補修程度ならこのまま半日以上続けても魔力的に問題はない。

ただ、このまま防御だけをしているわけにもいかない。怒ったケートゥスをそのままにしておくと、リッテンバーグ伯爵領や狼族や羊族の集落に危機が訪れるかもしれないのだから。

「ようやく収まったか……。海獣というのは凄まじいな」

どうやらドラゴンも驚きのパワーらしい。

「いや、それを言うならその攻撃をいとも簡単に防いでしまうクロウの錬金術の方が……」

ふっ、ホーク兄様。これぐらいなら何時間でもやってみせましょう。その代わりと言ってはなんですが、ケートゥスをちゃんと倒してくださいね。

それにしてもあの海獣、イカの代わりに食べられるだろうか……。

数分にも及ぶ激しい衝撃音から、周りの景色がどうなってしまっているのか若干気になるところではある。氷の槍が至るところに突き刺さっていて、きっとバカンスを満喫するような光景にはもう戻れないだろう。

魔力を追う限り、ケートゥスはそのまま動かずに海の上にいる。

「土壁を解除する前にケートゥスの情報を共有します。攻撃魔法の他に、扱う水魔法は魔法障壁と回復魔法です。長期戦はこちらに不利になるでしょう。僕とネシ子は障壁を崩す攻撃を繰り返して、ホーク兄様は障壁が解除されたタイミングで特大の魔法をお願いします」

「わかった」

「ネシ子もそれでいい？」

「問題ない」

「ローズは必殺技を叩き込む瞬間を逃さないように頼むね」

なんだかんだローズのあの必殺技は、物理攻撃としては相当な破壊力がある。

「わかってるわ」

「それじゃあ、土壁を解除しますね。準備はいいですか？」

みんな一様に頷く。

というか、誰も逃げようという選択肢を提示しなかったところに気持ちの強さを感じる。

まあ、ケートゥスが宙に浮いてる時点で逃げられそうにない。ケートゥスさん、海から出られなかったら良かったのにな。というか、浅瀬に来ても問題なく動ける時点でそういうことなんだよね。

イカを餌に刺激してしまったので、僕らにも落ち度はある。イカさんの仇《かたき》はちゃんとネシ子やホーク兄様、ローズがとってくれると思うから元いた場所に戻るか、できれば成仏《じょうぶつ》してください。

それにしても海はとても怖いところだ。それはもうしっかり学びました。もう滅多《めった》なことはしないのでどうにか許してほしい。

「土壁、解除」

怖いので前面の土壁は残したままで様子を窺う。それぞれが簡単な打ち合わせを始めている。

「しばらくローズはクロウの護衛を頼む」

「まずは我がかき回す。隙は作るから、さっきのような魔法をどんどん撃ってくれ」

「はい、お願いします。クロウは防御を優先しながら、余裕があったら攻撃を頼むよ」

「了解です。ホーク兄様」

先ほどケートゥスの攻撃を防げたことで、僕の役割は強力な魔法を放つホーク兄様を守る盾となることになっている。そして万が一、ケートゥスの反撃に備えてローズを護衛に当てるということか。

僕も攻撃をということなので、ホーク兄様の魔法が当たるように、ケートゥスの魔法障壁を崩さなければならない。

水属性のケートゥスなので、上位の火属性魔法を操るホーク兄様が攻撃の柱になるのは間違いない。僕とネシ子でホーク兄様の火力とローズの必殺技をぶち込むタイミングを作り出す。

人型のネシ子が先に飛び出すと、ケートゥスは周囲が震えるような鳴き声を出した。まるで、あのイカをもっとよこせと言わんばかりに。いや、知らんけど。

そして、華麗に飛び蹴りをくらわすも、ぶつかる直前に魔法障壁が展開され、簡単に弾かれてしまう。

クオオオアアーーン！

なんだよ。お前もうイカくれないのかよ。ならお前たちを食っていいんだな。的な鳴き声に聞こえなくもない。いや、知らんけど。

あからさまな攻撃は障壁で弾きそう。ならば、不可視《ふかし》の攻撃で不意を突く。

「錬成、メガトン空気砲！　連弾」

風の動きで読まれたらそれまでだけど、普段から海の中で過ごしているケートゥスに大気の震えを細かく認識できるかな？

四方八方から狙いを定めたメガトン空気砲は、見事ケートゥスに障壁を発動させる前に命中。

問題があるとしたら、メガトン空気砲に殺傷力がほとんどないことと、ただケートゥスをいたずらに怒らせただけということだろう。

クオオオアアーーン！

再びケートゥスの魔法紋が綺麗に輝き始めると、あの魔法がやってくる。

「アイシクルスピアです！　ネシ子はどうする!?」

「ちっ、問題ない」

舌打ちをしながらネシ子は人型からドラゴンへと姿を変えると、翼を広げて一気に空へと上昇していった。

アイシクルスピアは上から下へ射出される氷の槍なので、上には飛ばせないのだろう。

魔法が撃ち終わった後の隙を、上空から突くことができるはず。

さて、こちらはこちらで再び砂をドーム状にして守りを固めていく。

「ホーク兄様、少し火をお借りしてもいいですか」

「えっ、ああ。火だね、わかった。火よ、ここに集まりたまえ」

ホーク兄様はすぐに僕が錬金術に使うのだと理解してくれたらしく、初級魔法の「火よ」を使ってくれた。この魔法は一般的に焚き火の火つけなどに使用されるとても便利な魔法だ。

そして、僕が火を欲しかったのは土壁を強化ガラス状にして外側を見えるようにするため。アイシクルスピアが飛んでくる光景はかなり怖いだろうけど、すぐ攻撃に移れるのは利点となる。

そして、ガラスの原材料となる珪砂《けいさ》、石灰石《せっかいせき》などはこの浜辺にあることは鑑定済み。

「錬成、強化ガラスをドーム状に！」

そして、この強化ガラスドームには後ろ側を開けて造り、攻撃をする際にはすぐに行動に移せるようにしておく。

相手の攻撃が終わったタイミングがこちらの攻撃開始の合図となる。

完成したガラス状のドームに驚きながらも、ホーク兄様とローズは戦闘態勢を崩さない。上空からはネシ子もケートゥスに狙いを定めている。

「これ透明だけど本当にアイシクルスピア防げるのよね？」

「さっきの土壁よりも硬いから大丈夫。それにぶつかってもすぐに魔力で補修していくから」

「透明なガラスなのに土壁よりも硬いのか……」

何やら溜息を吐きながら魔力を高めていくホーク兄様。戦闘後にまとめていろいろと聞かれそうだ。

『ねぇねぇ、あの子、大地の精霊の匂いがするよ』

『う、うーん、でもさっきは火だったよ。あれっ、今は大地かな？』

『ねぇねぇ、今度は透明になったよ。どういうこと？』

『でもあの女の子の持っているのはミスリルよ。やっぱり大地の精霊じゃないかしら』

『どうする？　手伝う？』

アイシクルスピアが止めどなく降りしきるなか、何やら小さな声が聞こえてくるが、こちらも強化ガラスの補修に忙しいので気にしている余裕はない。そしてこの声はホーク兄様やローズには聞こえてないようだ。これはやっぱり精霊さんなんだろうな。

ケートゥスも二度目のアイシクルスピアということで、全体魔法ながらも、先ほどより強化ガラスに飛んでくるアイシクルスピアの数が多くなっている。知能のある魔物というのは厄介だ。

しかしながら、この程度の攻撃であればなんの問題もない。

「間もなく魔法が終わります！」

「了解だよ、クロウ」

どうやらすでに詠唱を終えているホーク兄様からは膨大な魔力のうねりを感じる。上空から襲いかかるネシ子の攻撃のあとにかぶせて発動させるのだろう。

それなら、僕は二人の攻撃の前に障壁を使わせるべく、ケートゥスに空気砲を撃ちまくるのみ。

「錬成、メガトン空気砲！　連弾」

二回目の攻撃ともなれば、ケートゥスも少しは警戒をしてくれる。予想通りに僕のメガトン空気砲に対して丁寧に魔法障壁を展開していく。

しかしながら、そのあとから来るであろう圧倒的な暴力と爆炎に備えられていないところを見るに、そこまでの知能があるわけではないらしい。

新たに障壁を張り直すタイムラグがあれば、ネシ子の攻撃とホーク兄様の黒炎がもろにダメージとして入るだろう。

そして、障壁が消えた瞬間を逃さずにドラゴン姿のネシ子の体当たりが決まった。もちろんしっかりとダメージが入っている。

ネシ子が離れたのを見計らって、すかさずホーク兄様の黒炎の爆発が完璧に着弾する。

凄まじい轟音《ごうおん》と水しぶき、海水の蒸発により霧が発生してケートゥスの姿は見えなくなる。

ドラゴンの暴力と、水系魔物には厳しい高位の火属性魔法が見事に炸裂《さくれつ》。周辺の海水は一気に蒸発し、爆発により浅瀬とはいえ砂地まで大規模に削られているのはちょっとエグい。

これが高位の火属性魔法使いなのだ。この世界の人々が火属性魔法に尊敬と敬意の念を抱くのがよく理解できる。

スキルが錬金術だったらがっかりされるのも頷けるというもの。まあ、今はその概念も少しは改善しているとは思うんだけどね。

それでも、こう目の前でどデカい魔法を見せられるとホーク兄様のすごさと、しばらくエルドラド家は安泰だなーと思ってしまう。

「やったか！」

ネシ子、それはフラグというやつなんだよ。

「い、いや、倒せなかったらしい……」

徐々に霧が晴れてくると、ケートゥスの巨大な影はそのまま動かずにこちらを向いていて、信じられないぐらいの数の魔法陣が僕たちの方に向けて展開されていた。

ケートゥスさん超絶激怒してる感じですね。全身血だらけ、そして火傷を負いながらも魔力を最大まで練り込んでいる。

「攻撃来ます！　僕の後ろに！」

魔法陣は先ほどのような全体攻撃魔法ではなく、一点突破型の魔法。それぞれの魔法陣から魔法エネルギーが一点に集められている。確実に一人は殺すという強い意志を感じさせる魔法だ。

そちらが一点突破で来るなら、こっちは数で勝負だ。来る方向がわかっているなら対処のしようもある。

「錬成、土壁強化ガラス！　土壁強化ガラス！　土壁強化ガラス！　土壁強化ガラス！　土壁強化ガラス　土壁強化ガラス！」

何重にも土壁強化ガラスを張り巡らせ、さらに、魔力で強化していく。これを耐えきればあとはネシ子とホーク兄様がなんとかしてくれる。

「さあ、来い！」

ケートゥスの展開した魔法陣がクルクルと回転しながら、ひときわ大きな魔法陣へ集められてい

る。その進む先は間違いなく僕を捉えている。いや、どこに来るかわからないよりもいいんだけど……なぜ⁉

これは盾と矛の対決。力勝負なのだ。僕が受けきれば、ケートゥスは再び二人の暴力の餌食となる。僕が負けたら……僕だけでなくホーク兄様もローズもただでは済まない。無事なのはネシ子ぐらいかもしれない。

負けられない戦いがここにはある。さあ、勝負だケートゥス！

ダァーン！　ダァーン！　ダァーン！　ダァーン！

次々と破壊されていく土壁強化ガラス。

あれっ、思っていたよりもパワーがあるぞ……。

ホーク兄様もローズも、心配げな様子で冷や汗を垂らしていらっしゃる。

あー、これは、あれだ。ケートゥスの攻撃を甘く見ていた……無理かも。

最後の土壁強化ガラスがパリンっと割れるその瞬間、僕の前にローズが立つと、必殺技を魔法目掛けて撃ち放った。

「ま、まだよ！」

結果的にローズの必殺技がなかったら全員が吹き飛ばされていたのだろう。いや、僕とローズは現在進行形で吹き飛ばされているんだけどもさ。

それでも、魔法攻撃を少しでも逸らせたローズのおかげでホーク兄様とネシ子はすぐに迎撃体勢に入っている。

あ、あとは任せました、ホーク兄様……。

「へぶしっ！」

ちなみにだけど、これはくしゃみではない。メガトン空気砲を後ろに撃ちながら吹き飛ばされるスピードを緩和したまでは良かったのだけど、ローズも一緒に飛ばされているわけで、助けないわけにもいかず、巻き込まれたローズの頭が僕の頭にめり込んできたのだ。

「痛ててて、ローズは……無事そうだね」

必殺技を出した影響ですでに気を失っているローズ。僕の柔らかいお腹がクッションになったようでとりあえず無事な様子。

さて、ケートゥスの魔法が切れた瞬間を狙ってネシ子とホーク兄様が連携して攻撃を重ねているが、やはり厄介なのはあの魔法障壁だ。

これまで決まっていた攻撃も徐々に障壁で弾かれていく。

先ほどの攻撃でケートゥスの魔力量はかなり減ったみたいだけど、まだまだ油断するような残量ではない。さっきの攻撃ぐらいならあと二、三発は撃ってくるだろう。

『あいつ強いよ』

『私たちが手伝おうか？』

『えっ、手伝うの？』

『だって、このままじゃ負けちゃうよ』

『じゃあ、倒してから話を聞こうか』

『精霊の加護を持っているお兄さん』

さっきから囁《ささや》かれていた小さな声が、目の前から聞こえてくる。

「き、君たちは、水の精霊さん？」

「うん、お兄さんからは火と大地それから風の精霊の匂いがするね」

「あー、うん。僕の住んでるところに精霊さんも住んでいるんだよ」

「だからお兄さんから精霊の匂いがしたんだね。じゃあ、精霊魔法も使える？」

精霊魔法というのは、畑でミスリルをひねり出したり、ジェットコースターで学んだやつのことだろう。

「な、なんとなくはわかるけど、使えるってほど使えるわけではないと思うよ」

「そうかなー。お兄さんならいけると思うよ。ケートゥスの障壁を撃ち破るには、それなりのパワーが必要なんだー。じゃあ、手を出して」

「えっ、手？」

気がつくと目の前には青い髪をした水の精霊がいっぱいいて、全員で手を繋ぐようにして目を瞑りお祈りをしている。

すると、水の精霊を通じて温かいマナが少しずつ僕の中に入ってくるのがわかる。

「お兄さんとイメージを共有するね」

「イメージを共有？」

「水の精霊が扱う精霊魔法、その中でもずば抜けて攻撃力の高い最強魔法」

「その名もポセイドン！」

「ポ、ポセイドン……」

ポセイドンって神話に出てくる神様だっけ。

すると、頭の中に魔法のイメージが浮かんでくる。

手のひらに浮かび上がる水。もちろんそれはただの水ではなく、水の精霊の魔力が凝縮された水。

それが大きな水玉状に広がったかと思うと一瞬にして三叉《みつまた》の巨大な矛へと変化する。

十分に精霊の力が集まると矛はさらに大きくなっては輝き始め、魔力が満タンになると、次の瞬間、思い描いた場所へと突き刺さっていく。

「わかったー？」

「う、うん、なんとなくは……」

目の前では攻撃を防がれては弾き飛ばされるネシ子と、高位の火属性魔法を何度も撃ち疲労困ぱい気味のホーク兄様。

ケートゥスも余裕が出てきたのか、ここで自身に魔法を使い、傷ついた身体を回復してしまう。

このままではじり貧だろう。

ホーク兄様の心が折れかけているな。回復魔法を見た瞬間の絶望的な表情を僕は見逃さなかった。

この精霊魔法、ケートゥスの魔法障壁に弾かれないだろうか……。

「弾かれないってば」

「そういうレベルの精霊魔法じゃないもん」

「自信を持ってー」

僕の思考がすべて読まれているのは手を繋いでいるからだろうか。イメージを共有するとか言ってたし、逆に僕の考えも伝わってしまうのだろうか。

どちらにしても、僕たちにケートゥスを倒す作戦なんて何も思い浮かんでいないのでやるしかない。

「お兄さん、まだまだいける？」

「マナのことだったら、大丈夫そうだけど」

水の精霊からどんどんマナが集まってきてるけど、まったくといって嫌な感じはしないし、どちらかといえばポカポカと温かい感じすらしている。こんな時になんだけど、温泉に浸かってるみたいでちょっとリラックスしてきてる気がしないでもない。

「驚いた……。すごいね、お兄さん。今まで一番大きなポセイドンになるかも」

今までで一番のポセイドンと言われても、規模感がまったくわからない。精霊魔法のイメージは共有したけど、きっとイメージは一般的なポセイドンなのだろう。

まあ、それでも凄まじい威力の精霊魔法な気はしてる。でも、それぐらいじゃないと目の前にいるケートゥスを倒すことなど無理だろう。

精霊魔法のいいところは魔力を集めるのが精霊さんというところだ。僕はひたすらに共有したイメージを組み立てていけばいいだけ。こういうのは錬金術師の得意分野だろう。

「そろそろかな」

「そうだね」

精霊さんのゴーサインもいただいたので、精霊魔法にとりかかる。

手のひらに集まったマナを水の玉になるようにイメージして集中する。

「うおっ、ととと、と⁉」

思いのほか、大きな水玉が浮かんでいる。いや、これは水玉と呼べるような可愛い大きさではない。

イメージでは手のひらに収まるぐらいの大きさだったと思うのだけど、目の前にはそのまま気球にでもなって飛んでいきそうな大きなサイズの青い水玉が浮かんでいた。

「ほらね」

「言ったでしょ？」

いや、何がですか？

突如として現れたとんでもない規模のマナに気づいたケートゥスがジロリとこちらを振り向く。

どうやら危険なものと認定されたらしい。

やばい、やばい……。

「あ、あのー、精霊さん。これ、あとどのくらいで撃てるのかな？」

「うーん、まだだね。もう少しかかるかなー」

キュイーンと急激な高まりを見せるケートゥスの魔力。あれは間違いない。さっき撃った一点突破型の氷撃がこちら目掛けて飛んでくる。

「な、何か、防御とかは？」

「あるわけないよねー」

「みんなこの精霊魔法に全力だし」

「向こうが先に攻撃したら？」

「こっちは無防備だから」

「人生にサヨナラを言う時間ぐらいはあるかな」

「あー、ちなみにポセイドン発動するまで動けないからよろしく。運命共同体ってやつー？」

精霊にとっての命というのはどんなものなのだろうか。まるで焦りというものを感じさせない。ひょっとしたら本当は何かしら防ぐ手段でもあるのではないかと疑いたくなるほどの冷静さである。

そして、さらに急激に高まっていくケートゥスの魔力。

必殺技は、撃てなければ必殺技にはならない。そして、おそらく、ケートゥスの氷撃の方が先に来るだろう。

お、終わったな。

「クロウの兄！」

「わかってます！」

攻撃が僕に向けられているのがわかった二人がケートゥスと僕との間に入り込む。どうやら、先に来るであろうあの氷撃を迎え撃つ構えらしい。

「ホーク兄様！　だ、大丈夫ですか？」

「やるしかない。さっきのローズのように少しでも逸らせれば、あとはクロウがなんとかしてくれるんだろ？」

ネシ子もなんだか落ち着いた感じであっさりと任せろと言う。

「なんとかしなければ勝てぬのだからやるしかないだろう。我々の攻撃は奴に届かなかった。なら、クロウの精霊魔法に賭けるしかない」

精霊魔法に集中している僕はさっきのように土壁強化ガラスを並べることはできない。さっきはギリギリまで威力を抑えて、ローズの必殺技でなんとか逸らすことができた。

しかしながら今回は、勢いそのままにやってくる氷撃を二人はなんとかしなければならないのだ。

クオオオアアーーン！

そうこうしているうちに、大きな雄叫びとともにケートゥスの魔法の準備が整ってしまった。これはもう絶望的である。

ケートゥスもここが勝負どころだとわかっているのだろう。さっきよりも気持ち大きな氷塊が浮かんでいる。

「ヘル・フレア!!」

射出される前に詠唱を終えたホーク兄様の魔法が氷塊を割ろうと飛んでいくが……。

「くっ、ほとんど削れないか……」

すべての魔力を出しきってしまったのか、ホーク兄様がその場に倒れ込んでしまう。

「ホーク兄様！」

すぐにネシ子が割って入ると、勢いをつけて飛んでくる氷撃を正面から迎え撃つ。なぜかドラゴンの姿ではなく、人型の姿のまま氷塊を掴み放り投げようとしている。

ドラゴン姿の方がパワー出るんじゃないのかな。それとも、氷塊を掴むには人型の方がやりやすいとかなのだろうか。いや、ネシ子のことだ。ビキニが可愛いから着ていたいだけかもしれない。

しかしながら、氷撃の勢いは凄まじく、掴んで押さえようとしていたネシ子ごと押しきろうとしていく。

「あ、あれ……」

そこで、僕はようやく気がついた。ケートゥスの氷撃の標的が微妙にズレていることに。

ホーク兄様がにやりと僕を見て笑ってみせる。ネシ子に変な余裕があったのもこれが理由か。

あれは確か……森からの抜け道を隠すために使っていた魔法。ヒートミラージュと言ったか。

ホーク兄様は、あれでケートゥスに幻覚を見せていたのだ。

蜃気楼のように景色を屈折させ、攻撃が僕や水の精霊たちがいる場所を避けるようにしてみせた。

「そろそろいいか？」

ネシ子が確認をするようにホーク兄様を見る。

「ええ、もう十分ですね」

後ろに守るものがないのであれば、氷塊を掴んでいる手を離せばいいだけ。

つまり、二人はこの状況をわかったうえで、この精霊魔法が完成するまでの時間稼ぎをしていたのだ。

ホーク兄様はケートゥスの氷塊に向けて撃った魔法を囮《おとり》にし、ヒートミラージュでケートゥスに幻覚を見せたということらしい。

ネシ子が離した氷塊が僕の斜め上を通過していく。

慌ててすぐに次の氷撃を撃とうと準備をするケートゥス。

しかしながら、ポセイドンはすでに巨大な矛《ほこ》となって僕の頭上に浮かんでいる。精霊からもらったマナもビタビタに満タン。すでに水の精霊さんの手も離れて、あとは撃ち出すだけ。

「残念ながら、もう遅いよ」

「いけー！」

「いけー!!」

水の精霊たちもノリノリだ。

そんな僕の動きを見て、氷撃から一転魔法障壁に切り替えるケートゥス。

あの障壁を撃ち破れるのか。

いや、撃ち破らなければならない。


「ポセイドン！　いいい、いっけー！！！！」


ケートゥス目掛けて投げ放ったポセイドンは、僕の想像している以上のスピードで弾けるように飛んでいく。

魔法障壁をパリンっとまるで薄いガラスでも割ったかのような軽い感じで突き進み、そのままケートゥスの頭部を吹き飛ばし、はるか遠く沖の方まで文字通り海を真っ二つに割ってしまった。

それは、かの有名なモーセの十戒で海を綺麗に二つに分けるかのように。いや、見たことないんだけど、いま目の前で実際に起こっているんだよね……。

ネシ子もホーク兄様も口をぽっかーんと開けたまま、僕の顔を見ては海を指すを繰り返している。

いや、わかりますよ。僕も同じ気持ちですって。ポセイドン、半端ない……。

◇

というわけで。

ケートゥスの肉は大量にあり、ネシ子が氷漬けにしてくれたので狼族の食料問題は一気に解決してしまった。

もちろん、しばらくの間はゴズラー教のフォローで食料を運び入れるし、ラリバードも到着するから安心だと思う。

さて、集落の広場では全員で食べる分だけを解体作業中である。大人も子供も全員で手伝ってくれている。久々に見る大きな肉に全員の興奮たるや凄まじい。

子供たち優先で遠慮気味だった大人たちもお腹いっぱい食べてほしい。

ケートゥスの肉や内臓については、鑑定をしてみたところ、特に毒とかはなさそうなので安心した。恐ろしく強い奴だったけど、みんなで美味しくいただかせてもらおうと思う。

ちなみに、皮や骨、何か硬くなった瞳などは値段がつけられなさそうとのことで、クネス大師の分身体に任せて王都に運び入れてもらうこととなった。


「もう帰っちまうのかよ」

少し離れて集落を見ていた僕の横に、ガフリヤールさんがやってきた。

「また遊びに来ますよ。その時は山の幸をいっぱいご馳走してくださいね」

「ああ、たらふく食わせてやる」

秋になったら来ようかな。今からとても楽しみだ。

「未来に安心できる材料があると、みんな笑顔になりますね」

「狼族は返しきれないほどの恩を受けちまった。俺たちにできることがあるならなんでも言ってくれ。どんなことでも一番に駆けつけてやる」

「それは心強いです」

「それで、その肉は生で食うのか？」

「あっ、気になりましたか。新鮮な肉でしかできないんですよ」

ローズもホーク兄様もどん引きしていたので、目立たないようにこの場所で食べていたのだ。

クジラの赤身肉のお刺身にナミュルソースとワイルドガーリックを粗めに潰した物を付けていただく。これがまた最高に美味い。

久し振りに食べるお刺身というのもあるのだろうけど、このお肉が脂が乗っていて口の中ですぐに溶けてしまう。

「どれ、俺も一つもらうぜ」

「あれっ、ガフリヤールさんは生食に抵抗ないんですか？」

「そりゃ抵抗はあるんだけどよ。クロウがあまりにも美味しそうに食べるから気になるじゃねぇか」

そう言ってお刺身を口に入れたガフリヤールさんの動きが止まった。

やはり、生食に慣れていないから気持ち悪かったのかもしれない。

「う、うめぇ……。なんだ、この肉、あっという間に溶けてなくなったぞ」

「美味しいでしょ」

「こんなうめぇもの独り占めしてたのか」

「いやいや、僕はみんなにも食べてもらいたかったんですけど、ほらっ、周りの人の目があんな感じなんですよ」

僕とガフリヤールさんを遠目に見ている冷ややかな視線。まるで野蛮人を見るかのようである。

いや、無理に食べろとは言わないんだけどさ。グルメなネシ子でさえ「生はちょっと……」とか言っていた。生食そんなに禁忌《きんき》なことなのだろうか。

まあ、新鮮じゃないとすぐお腹壊すだろうし、変にオススメしてしまうよりかはいいかな。

「よしっ、これは俺たちだけの秘密にしておこう。もう一つもらうぞ」

自治区に戻る前に海鮮を大量購入したい。いや、新鮮さを求めるなら直接海に潜るということも考えたいのだけど、ケートゥスの例があるだけに海を甘く見るのは危険だ。まずは市場を見てから考えるか。

集落では解体作業から調理へと工程が進んでいき、衣《ころも》をつけて竜田揚《たつたあ》げにしたり、山の山菜をたっぷり使ったハリハリ鍋、炙《あぶ》りベーコンなどが作られていく。そして刺身は人気がないので、僕が食べる分以外は竜田揚げにされていった……もったいない。いや、それも美味しそうなんだけどさ。

美味しい匂いが集落全体に広がっていく。食べきれないほどの量があって自分の取り分を心配しなくていいだけにみんな笑顔だ。

「ミルカとは、羊族とはどうですか？」

「時間はかかるだろうが、交流は続けていく。今は仲が悪くても、近所付き合いってのは大事なもんだと気づかされたからな。利害が一致すればもう少し距離も縮まるだろう」

「そうですね」

羊と狼が仲良しなイメージは僕にもないけど、ミルカとガフリヤールさんなら上手くやれそうな気がしないでもない。どちらも思ったことすぐ口にしちゃうというか、隠しごとができないタイプだからね。

狼族が手にする高級トリュフは、成金な羊族にとっても喉《のど》から手が出るほどに欲しい品となるはず。トリュフ外交でヤック長老と上手く交渉できることを祈っておこう。

さて、クジラ料理の一番人気は竜田揚げだった。ラヴィも美味しそうに食べている。人気の要因にソースをいくつか用意したこともあるだろう。

ナミュルソースはもちろん、トメイトを煮詰めたソース。そして大人気だったのはタルタルソース。調味料が豊富なリッテンバーグ伯爵領だから揃えることができた。

タルタルソース。そう、いつの間にかお酢が手に入ったのでとうとうマヨネーズを作ってしまったのだ。マヨネーズと竜田揚げのコンビに勝る組み合わせはなかなかない。こちらに関してはレシピを売り出す方向で進めていくことになった。

ということで、クジラ肉パーティーは盛大に行われ、夜には大人たちに少しだけお酒も振る舞われた。

◇

そうして、翌日。

狼族のお墓の前でご挨拶をしてお別れをした。いや、しばらくは様子を見に来ることもあるだろうから、割とすぐにまた会うことになるとは思う。

すっかり元気になって両手でブンブンと手を振る子供たち。大人たちにも会った頃のような険《けわ》しい表情はもうない。

ここに来られて、みんなを助けられて良かった。

「じゃあ、またちょっとしたら来ますね。問題があったらゴズラー教の方に相談してください」

「わかった。ありがとうクロウ」

「はい」

歓喜の雄叫びなのか。ガフリヤールさんが一吠えすると、続くようにすべての狼族が遠吠えをしていく。

この遠吠えの意味はよくわからないけど、狼族なりの感謝の気持ちとかなのだろう。

ケートゥスという大型の食料がゲットできたので、少し早めの帰還となった。


ということで、せっかくならとスパイスの大量買い出しに港町へやってきた。

本来であればリッテンバーグ伯爵にご挨拶とかするべきなんだろうけど、お忍びで来てるし、公爵派の男爵としては敵対勢力でもあるのでその辺はなしの方向でいく。

それにしてもここは港町らしくとても活発だ。大型の船もいっぱいあって、船員さんたちが荷物の積み下ろしをしている。

「この船は海獣に襲われないの？」

「船底に海獣が嫌う音を出す魔道具があるらしいわよ」

ローズも気になったらしく、さっき船員さんに質問して得た情報らしい。そんな素晴らしい魔道具があるならもっと早く欲しかった。わざわざケートゥスと戦わなくても良かったのだから。

「まあ、そんな便利な物でもないと船旅なんてできないか」

海獣避けにはなるけど、リッテンダイオウイカには効果はないらしく、長年苦しまれているとのこと。最近、大型のイカがリッテンバーグ沖に住みついたらしく警戒しているらしい。

それは、まあ、おそらく、あのイカさんかもしれないので、それならもうケートゥスに食されてしまったのでひと安心だろう。

リッテンダイオウイカは脅威だそうだけど、定期的に海獣が食べてくれるので数が増えることはなく、大きく成長するまで残る個体も珍しいとのことだった。不憫《ふびん》なイカさんではあるが、これが食物連鎖である。

ちなみにここに来ているのは僕とローズとラヴィにミルカだけ。

ホーク兄様は一足先にドラゴンライドで王都へ報告のために向かっている。いろいろとウォーレン王に報告しなければならないことがあるからね。すみませんがよろしくお願いします。

港町で買い物が終わる頃にはネシ子も戻ってくるだろう。そうしたら、自治区へ戻ることになる。早く帰ってお風呂に入りたい。あとラリバードのタマゴサンドを食べたい。

「そこのお店がナミュルソースを売ってるとこよ」

魚に壺のマークの看板がでかでかと掲げられているお店。どうやら魚の干物とナミュルソースを中心に販売しているらしい。それなりに高級店なのだろう。客層はお金持ちそうな人が多く、値札を見ると驚くほど高かった。

「こんなに高かったのか……。ミルカ、その、ごめんね」

一つの壺が五万ギルもする。これじゃあ庶民にはとても手が出せないな。というか、絶対買わないだろう。壺か、壺の値段が高いのか。

「気にしなくていい。あたしは族長の娘でお金はいっぱい持ってるからな」

スパイス関係は軒並値段が高いけど、この値段は想像を超えていた。あとでミルカに一壺プレゼントしよう。

「いらっしゃいませ、ミルカ様。本日もナミュルソースでございますか？」

「ええ、今日はこちらのクロウが買いたいそうなの」

「左様でございますか。いつもありがとうございます」

店主はミルカに深く頭を下げる。

そういえば、ホーク兄様にも紹介したばかりだったか。店主のミルカへの信頼がかなり高まっているようだ。

在庫はどのぐらいあるのだろうか。お店にあるだけだと少し心許ない。

「店主、この店にあるナミュルソースを全部買いたいのだけど、在庫はまだありますか？」

「はい、すぐにお包みいたしましょう……あ、あれ、聞き間違いでしょうか。今、全部って……？」

「うん、無理だったらあきらめるけど売れる壺は全部もらいたい。あと、そこに並んでる干物《ひもの》も全部買っていいかな？」

「ひ、干物もですか。ミ、ミルカ様!?」

「店主、クロウは本気よ。ちゃんとお金も持ってるし、輸送も港のうちの倉庫までで構わないわ」

闇属性魔法で収納可能ですとか言っちゃうと、変な噂が立ってしまうと困るので羊族の借りてる倉庫を少し間借りさせてもらうことにした。

「いや、でも全部となると百万ギルはくだらないかと……」

「これでいいかな」

僕は袋に詰まった金貨百万ギル分を店主に渡した。

「はぅあ!?　い、今、どこから、このお金を！　ほ、本当に百万ギル分も金貨が……ほへっ？」

もちろんシャドウインベントリから取り出したのだけど、店主は見てなかったのでノーカウントとさせてもらう。これぐらいならいいだろう。

「ちなみに、他に扱ってる物があったら見せてもらいたいんですけど」

「それでしたら、昨日入荷した珍しい穀物がありまして……」

米だ。見るからに米だった。粉にして麺にしたり、蒸かして丸めて食べたりするらしい。

「それも全部ください」

「はぅあ!?」

「追加の五十万ギルです。これで足りますか？」

「い、いや、今、どこから!?　ミ、ミルカ様!?」

米については、半分は消費用、残り半分は自治区で育てようと思う。これで卵かけご飯が食べられる。もうウキウキが止まらない。

話を聞くとナミュルソースはこの店でしか扱っていないそうなので、今後の取引についてはゴズラー教を通しての仕入れにする方向でいいだろう。

毎回、僕が買い付けに行くのは面倒だし、シャドウインベントリを使うと疑われる。あと、第一王子派になってしまった僕が頻繁にリッテンバーグ伯爵領に行くのは何かと問題がある。どこに目があり耳があるかわからない。

もろもろの手続きが終わると、ネシ子が戻ってくるまでの間に食べ歩きツアーを開催させてもらう。

ここは夢にまで見た魚や貝がいっぱいあるのだ。

港街の匂いというのは独特だ。潮風、スパイスの香り、屋台から漂う魚の焼ける匂い。慣れない人には嫌な匂いに感じる場合もあるかもしれないけど、僕には懐かしく思えるいい匂いだ。

「あそこの屋台は貝が美味しい。食感がコリコリしていて旨みが詰まっている人気商品よ」

ミルカが案内役をしてくれるから効率よく回れて助かる。羊族がお金を使う場所はこの港町が多いので、ミルカの姿を見つけると屋台の人の声が気持ち大きくなる。

「おう、お嬢。また来たのかい？　今日は新鮮な巻き貝が入ってるぜ」

「良かったー、人数分ちょうだい。あっ、追加料金でナミュルソースの味付けをお願い」

「おお、豪勢ですな。はい、まいどー！」

これはサザエみたいな巻き貝だろう。身のところに小さな串が刺さっているので、これで巻きとって食べる感じか。

「あっ、ちょっと待っ……あれ、初めてなのに上手に食べるのね」

僕がつるりと巻き取って食べるのを見てミルカが驚いていた。

「初見でそれを綺麗に食べれる人を初めて見たわ。だいたいの人はそのまま引っぱって途中で千切れてしまうのよ。奥が濃厚で美味しいのにね」

「あっ！」

お手本のようにローズは途中で切れてしまったっぽい。ちょっとだけ悔しそうな顔をしている。

「ほら、貸して」

切れたところに串を刺し直して、くるっと巻くと最後まで取れる。

「ありがとう」

「な、何、デートっぽい雰囲気出してるのよ！　あ、あたしのも、巻き取ってよ」

そう言って、わざとブチッと途中で千切った巻き貝を渡してくるミルカ。

「いやー、これは奥で切れちゃってるからもう取れないよ」

「あっ……」

よくわからない対抗意識は本当にやめてもらいたい。

屋台では魚や、貝だけでなく、いくつものスパイスをかけ合わせた串肉や、煮込み料理などの店も多く見かける。

ちなみに美味しい屋台メニューはネシ子用に買っておくことにする。僕たちだけ楽しんでたらあとで拗《す》ねちゃうからね。あー見えてネシ子はグルメ番長なのだ。

「あそこの屋台は人気だね」

「あれはリッテンバーグ沖でよくとれるソードフィッシュの塩焼きよ。今の時期は脂が乗っていてとても美味しいの。食べてみる？」

白身の肉を皮面から豪快に焼き上げている。味付けは塩だけとシンプルながら、流れ落ちる脂がその美味しさを物語っている。

「もちろん。あっ、ラヴィ用に味付けなしのやつももらえるかな？」

さっきはラヴィに貝を食べさせていいのかわからずに我慢してもらったのだ。魚なら自治区でも食べてるし問題ないだろう。

「うん、任せておいて」

ソードフィッシュ、見た目的には名前の通り剣のように見える魚だけど、白身部分は柔らかくふっくらしている。

「大きい骨は取ってもらってるから、そのままかぶりついて大丈夫よ。残っていたとしても小骨だからそのまま食べて問題ないわ」

「うん、美味しい。これはすごく美味しいよ！」

脂が乗っていて味も塩だけとは思えない深みある味わい。ずるい、ずるいぞ、リッテンバーグ伯爵領。

「本当ね。川で捕れる魚と何が違うのかしら」

海は栄養が豊富だから魚の成長も早い。そして、敵も多いからそれなりに強い個体、動きの速いものや身を隠すのが上手なものが生き残ることができる。きっと川よりも弱肉強食のレベルが高い。そうして生き残った個体だからこそ身が引き締まって大きくなり脂乗りも良いのだろう。

ああ、リッテンバーグ伯爵領に住みたい。気候も温暖そうだし、米もスパイスも魚もある。近所にあったら良かったんだけど結構遠い……。

しかも、ここは敵対勢力の地。残念ながら、ここであまりお金を落とすのも本来なら良くない。

そういうことなので、買った分はしっかり回収させていただこうか。

「ミルカ、次はBランクポーションを売りに行きたいんだけど、そういうお店ってあるかな」

Bランクともなると、かなり稼いでいる冒険者とか貴族向けになってしまうので、買い取りをしてくれるところがあるかが問題になる。

「Bランクか。それならギルドに持っていくのが一番無難だと思う。あと、Bランクポーションならうちも欲しい」

リッテンバーグ伯爵領からお金を回収したいのだけど、羊族からお金もらったら……まあ、一緒か。羊族のお給料はリッテンバーグ伯爵領から支払われているのだ。

「構わないよ。品質保持魔法付与した物がいいよね？」

「品質保持付きがあるの!?　では、それを三十本ちょうだい」

「もちろん、いいよ。プラス三十本サービスで付けてあげる。これはトリュフのことをヤック長老に黙っててもらう分だと思ってくれていい」

ついでにさっき購入したナミュルソースも一つ渡してあげよう。

「い、いいの？」

「全然構わないよ」

Bランクポーションは、今や自治区にいる錬金術師なら普通に錬成できる代物。最近はガラス瓶のコストも下がってきているので利幅はかなり大きい。なんなら在庫過多気味なので、少し吐き出しておきたいぐらいでもある。

ということで、いろいろと買い物したにもかかわらず収支は大幅にプラスになってしまった。

もはや錬金術師の何が不遇だったのかわからなくなってくる。

さて、そろそろネシ子も戻ってくる頃かな。自治区へ帰るとしよう。

7　水遊びブームの到来

なんだか王立自治区ネスト領、久し振りな気がする。もうここが僕の故郷と言っても過言ではないだろう。前世の記憶を思い出してからほとんどの日数をこの地で過ごしている。

今回の旅は野宿やら海での戦いやらで体も汚れてるしで、本当に疲れた。

「ふぅー、気持ちいいなー」

「うん、ポカポカするね」

「この温かい水はマナが多く含まれてるわ」

「こんないい場所があったのに誰も教えてくれないとかちょっと酷くない？」

とりあえず、広い温泉に入ってからもろもろの報告をしようと思っていたのだけど、温泉にはなぜか水の精霊さんたちがいた。

「あのー、なんでこの場所を？」

「風の精霊がたまたま旅行で来ていて聞いたのよ」

「私たちだけのけ者にするなんてみんな酷いわー」

きっと、仲の良いとされる大地の精霊さんがまったく動かなかったから情報が入ってこなかったのだろう。あの方々は畑に埋まっているだけだからね。

報告することがまた一つ増えてしまった気がする。

とはいえケートゥスを倒したあと、いつの間にかいなくなってしまったので少し気になっていたのは事実だ。水の精霊さんがいなかったらかなりの苦戦を強いられていたはずだからね。

「あの時はお礼が言えなかったから、改めて僕にできることがあったらなんでも言ってくださいね」

「ここに住みたい！」

「みんないるんだからいいでしょ？」

「大きな湖があった。あそこは過ごしやすいと思うの」

まあ、そうだとは思った。

「別に構わないですよ。ただ、ここに住んでいる精霊さんたちは一応仕事をしてもらっているんですよ。水の精霊さんたちは何かできることありますか？」

「貯水池や湖の浄化と水生動植物の生態系維持。あとは、湖が子供たちの遊び場になってるみたいだから、危険なことがないように見守ることにしましょう」

「そんなに仕事してくれるんですか」

「別になんてことはないよ。というか、他の精霊の仕事が気になる言い方よね」

畑に埋まって作物の成長を助けてくれ、ミスリルを出してくれる大地の精霊さん。

火や温泉の温度管理、最近ではピザまで焼いてくれる火の精霊さん。

精霊のまとめ役。牧場の臭い匂いとかを風で飛ばしてくれたり、ミスリルの管理をしてくれる風の精霊さん。

うーん。みんなそれなりに仕事をしてくれていることに改めて驚いた。

「思っているよりみなさん結構仕事してるかも。では、そんな感じでお願いします」

「うん、任せておいて。私は水の精霊の女王、アクアリーナよ。よろしくね」

あー、女王だったのか。精霊さんは性別がわかりにくいから困る。

「あのですね、ここで暮らすからには様々なルールを風の精霊のエルアリムから聞いてください。例えば、この温泉施設は男女で分かれていまして……ちなみに、ここは男湯なんです」

「そうなの？　私は気にしないけど、みんながそうしてるなら従うわ。それがここのルールなんでしょ」

そう言いながら、僕の隣で軽く腕を伸ばしながら気持ちよさそうにしている。本当にわかっているのだろうか。

「そんなに心配しなくても次からは女湯？　の方に入るわ。今日はもう入っちゃってるんだからノーカウントにしましょ」

「そ、そうですね」

というわけで、四大精霊がネスト自治区に集結揃い踏みとなってしまった。まあ、そのうちそうなるような気はしていたんだけどね。

ドラゴンに会える村から、精霊に会える自治区へと進化してしまった。

そういえば、湖の城に住むアドニスの了解なく水の精霊さんの住まいを湖にしちゃったけど問題なかっただろうか……。

警備上はさらに万全となるはずだからオウル兄様率いる近衛騎士の方々にとってもありがたい話になると思う。まあ、それも含めて報告か。

温泉で疲れをとって気分も良かったのに、面倒な報告をしなければならない。これが中間管理職である男爵のつらさというやつなのだろう。


お風呂から上がると、ちょうど子供連れの親子とすれ違う。

「あっ、クロウ様だー。お仕事おつかれさまでした」

しばらく留守にしていたのを遊んでいたのではなく、ちゃんと仕事をしていたと理解しているお子様いい子や。

「ありがとう」

温泉に浸かったあとは広場でペネロペバーガーとか食べて家に帰るのだろう。

このなんとも言えない夕暮れ時が一番好きな時間帯だ。各々の仕事が終わり、家路に着く頃合い。各家庭からは夕食の香りが漂い始め、ドワーフたちが広場の端っこの席をキープして酒盛りを始める。

「平和だねー」

さて、中間管理職の男爵はいろいろなご報告にまいろうと思う。お城にはアドニスとオウル兄様、そしてセバスが待っている。

温泉のあとゆっくりベッドで休めるローズがうらやましい。ちなみに、ネシ子は魔の森が気になるからと一周りしてくるらしい。

あのドラゴンでさえ仕事しているのだから、僕も頑張らなくてはなるまい。気は重いけど、そろそろ報告に行こう。明日は明日で錬金術師たちからの報告やらで忙しくなるだろうからね。

港町で大量に屋台メニューを買い込んできたから、それをお土産に軽い感じの報告で終わらせたい。ソードフィッシュの塩焼きはとても美味しい。グルメ番長もお気に入りだったので、みんなにも食べてもらおうと思うんだ。

ということで、僕の作戦は上手くいったようで、海の幸をつつきながらも遅くなる前には解放してくれた。

なんだかんだ僕の顔に疲れがたまっていたのを察してくれたのかもしれない。オウル兄様はイカさんやケートゥスのことをもっと聞きたがっていたようだけどね。また今度にしてください。男爵はもう寝る時間なのです。子供は睡眠時間も大切なんですよ。

◇

数日が経ち、自治区では水遊びブームが到来している。それはもちろん僕の錬成した水を弾く水着と安心して水の中で遊べる湖があるからに他ならない。

通常、水遊びといえば小さな川をせき止めて流れをゆるやかに調整しながら、魔物などの驚異から身を守るべく周囲に護衛をおいて遊ぶという貴族のたわむれでしかありえなかったのだ。

それが、精霊さんのおかげで水も綺麗で透き通っていて、水に慣れていない方にも優しい浅瀬でキャピキャピと遊べる。しかも水を弾く水着という不思議な衣服もあるのだ。

先日オープンした水着ショップは大人気だ。同じ素材で浮き輪やビーチサンダルなど販売したらすぐに大行列になっていた。

「なんか人が増えたよね、セバス」

「ええ、王都からの人がかなり増えております。貴族のバカンス需要も大きいですね」

さすがにネスト城の周辺はアドニスがいるから開放できないけど、他のエリアは海水浴場さながら人でごった返している。安全に水遊びできるのがそんなに需要があるとは思わなかった。

貴族向けに湖上コテージを造ったところ、すぐに予約が数ヶ月先まで埋まってしまった。

一般民と貴族様を同じ場所で遊ばせるわけにもいかず、専用のプライベートビーチ付きにしたところ大人気。なんでも令嬢や奥様方はお肌を見せたりするわけにはいかないのだとか。知らなかったよ。ローズ、普通に一般のところで遊んでたから……。

そして、その枠はローゼンベルク公爵様によって、割り当てが組まれるほどに政治利用されている。


——精霊とドラゴンが住まう街、王立自治区ネストへようこそ——


最近自治区の入口や周辺に看板が立てられるようになった。

もはや観光地といっていいだろう。美味しい食事があり、温泉があり、子供たちが喜ぶアトラクション（遊具やジェットコースター）もある。魔の森は近いものの治安はすこぶるいい。

「王都から結構遠いのに、よくこんなに人が来るよね」

「クロウ様はお仕事が増えましたね。今日も舗装作業頑張ってください」

人の行き来が増えることでウォーレン王から道の整備を最速でお願いされたのだ。舗装にかかるお金もいっぱいくれたし、王宮で開催されるパーティーでトリュフをふんだんに使用した料理を振舞うことを約束してくれた。ということで、男爵としては断りづらくなってしまったのだ。

「ウォーレン王、僕の使い方が上手になってきてる気がする」

「道の整備はエルドラド領も含まれます。フェザント様もお喜びになるでしょう」

男爵なのになぜ土木工事をしているのだろう。他の錬金術師に任せればいいじゃないかと思うかもしれないけど、正直僕がやった方が圧倒的に早い。とりあえず彼らには定期的な補修や整備をしてもらった方がいいと判断した。

「じゃあ、行ってくるね」

今日はエルドラド領から王都に向けての工事になる。現場へはドラゴンライドで一気に向かうので、あと数日もすれば完成となるだろう。予定よりも早い工程で終えられそうだ。

この道は路面をかなり硬く強化しているのでゴーレム馬車の導入も検討している。まだ揺れが尋常じゃないけど、馬のように休憩はいらないしスピードは数倍となる。運送業でもいい稼ぎになりそうだ。王都への輸出品もそれなりに増えてきているからね。

そうなると錬金術師の人数が圧倒的に足りない。募集はかけているけどベルファイア王国だけではそろそろ限界が近い。

そこで、ローズママことカメリア様にも隣国のストーンフィールドへ研修の呼びかけをしてもらっているらしい。ローズママはストーンフィールド出身の貴族なのでウォーレン王の依頼で外交を頑張ってもらっているそうなのだ。

錬金術の技術提供をする代わりに、貴重な鉱石や魔石などをもらうことで話を進めているとか。仲の良い同盟国とのことなので、さらに強固な関係を作れればと思う。

「ネシ子、今日もよろしくね」

「来たか。今日は新作のテリヤキバーガーを買っておいた。腹ごしらえをしたら向かうとしよう」

今日もネシ子の奢りでハンバーガーセットをいただく。ペネロペにナミュルソースを渡してテリヤキバーガーを作ってもらった。こってりな味付けがグルメ番長の胃袋を掴んだようで、これまた人気商品になりそうな気配を感じている。

「今日はいい天気になりそうだね」

朝から広場は人で溢れている。この時間帯はダンジョンや魔の森へ向かう冒険者が中心になるけど、もう少ししたら観光客が中心になってくることだろう。

「うむ、美味いぞ、ペネロペ。このマヨネーズとテリヤキが絶妙に合うな」

「ありがとう、ネシ子ちゃん」

「テリヤキバーガーは野菜との相性もいいからね。子供たちにもいっぱい食べてもらいたいな」

たっぷりの野菜で彩りもよくテリヤキソースとマヨネーズの美味しさは中毒的と言ってもいい。

ナミュルソースが高いため、少し価格が高くなってしまってるけど、大量購入で価格を下げていきたいと思っている。もちろんすでにゴズラー教を通して追加の発注をかけたところだ。

ん？　なぜか視線を感じる。

そこにはハンカチを口に噛み締めるように、こちらを見るスチュアートの姿。

いや、あなたたちも十分稼いでいるでしょうが。そんなにナミュルソースに絡めなかったことが悔しかったのか……。

まったく、王都に水着でも売ってきなよね。売る物はいくらでもあるのだから。

舗装工事は特段問題もなく、それからしばらくして完了した。途中経路となるエルドラド領内は食料や宿屋の需要が増えており好景気となっている。

もちろん、自治区ネストから王都への輸送などでも利益が出ているので入領者も増加傾向とのこと。息子としては、マイダディに貢献できているようで鼻が高い。

「うわー、冷たくて気持ちいい」

「泳げなくてもこの浮き輪があると安心だよね」

遠くの方では子供たちが楽しそうに湖で遊んでいる声が聞こえる。

自治区に戻ってから休みなく働いていたので、今日は休息日をいただくことになった。男爵なのに働きすぎはよくない。

僕は専用の浮き輪ボートに乗り、湖の中心に向かいながらのんびり昼寝を満喫している。足は投げ出して水の中なのでとても気持ちいい。

「平和だなー」

一般的に解放しているエリアは浅瀬のところまでなので、そろそろ誰も近寄れない辺りまで来ているかもしれない。僕は男爵なのでエリアを越えても問題ないのだ。

この辺りまでくると少し静かになるので眠りにつきやすい。

このなんというか少し遠くから子供の声が聞こえるぐらいの感じが、お昼寝にちょうどいいのだ。

「ここら辺で錨《いかり》を下ろしておこうかな」

このままお昼寝タイムに突入してしまうと流されてどこへ行くかわからないのでちゃんと浮き輪ボートが動かないようにしておく。これで僕の眠りを妨げる者は現れない。

チャポーン
時折、川魚が跳ねる音が聞こえてくるのもいい。水の精霊さんが管理し始めてから水質がぐっと良くなって、その透明度は観光客からも美しいと評判になっている。

チャポーン。

「暇なの？」

急に耳元でそんな声が聞こえてくる。

失礼な。男爵は日々の仕事の疲れを癒すためにお昼寝という仕事をしているのだ。

「遊ぼーよ、ねぇ、遊ぼーよ」

まったく、どっちが暇なのやら。

薄目を開けて確認すると、川魚の跳ねる音だと思っていたのは水の精霊さんだった。

「精霊さんはどうかわからないけど、人の世界ではいっぱい働いたあとはゆっくり休息をとるのが決まりなんだ」

「私たちも毎日働いてるよー。水とっても綺麗でしょ」

「精霊さんも毎日働く必要はないんだよ。全員で働くんじゃなくて順番に休むといいと思う」

「うーん。女王に相談してみるー」

「でも、そんなに疲れないいしなー」

仕事が疲れないとかうらやましい限りだ。

僕だって本来ならAランクポーションを二、三日に一本ぐらい錬成しておけば生活に困ることはない。問題はAランクポーションをあまり売ってはならないという貴族のしがらみだろう。

あとは、男爵になってしまったことで好き勝手ができなくなってきているのも悲しいところ。

今まではマイダディの背中に隠れて自由にやっていたのが、ネスト村が自治区となりアドニスの成果を上げるためのお手伝いをしなければならなくなった。

このあたりはなんとなくウォーレン王に上手くはめられたような気がしないでもない。

つい先日も獣人族の問題を解決してきたばかりだし、昨日までは王都までの舗装作業を一人でやっていたのだ。王国の男爵でここまで働いているのはきっと僕ぐらいのもんだろう。

「ねぇ、遊ぼーよ」

僕の話を理解しているのだろうか。今はお昼寝の時間だというのに……。

しかしながら、精霊というのは自由でいて自らの考えを曲げることのないわがままの権化《ごんげ》ともいえる存在。それは僕が目指したい境地ともいえる。

いやそうじゃなくて、この水の精霊さんを静かにしない限り僕の休日が終わってしまう。まだお昼寝タイムに突入すらしていないというのに……。

「よし、わかったよ。ウォータースライダーで遊ぼう」

こういう時は、僕が頑張って無視しても構わずにちょっかいを出されるもの。ならば、楽しめる物を用意してあげればいい。そうすればあとは勝手に遊んでくれるに違いないのだ。

「ウォータースライダー？」

「水の精霊さんならこのアトラクションを知っておいた方がいいよ。それはね……」

「そ、それは⁉」

「水のジェットコースター！」

「おおおお！」

「ジェットコースター！」

驚いているけど、絶対ジェットコースターを知らないだろう。まあ、そこはどうでもいい。精霊さんが楽しめればいいのだから。こういうのは雰囲気作りが大切なのだ。

まあ、見てなさい。この地で数々の遊具を生み出してきた男爵の錬金術魂を見せつけてやろうじゃないか。こうなったら観光資源の構築としてもうひと働きしよう。

つい最近、強化ガラスを錬成した僕なら透明で迫力満点なウォータースライダーが造れる。なぜ透明か？　それはスライダーする人のドキドキ感を演出しつつ、それを見る観光客のみなさんにも一緒に楽しさを知ってもらうため。

「やるぞ。錬成、ウォータースライダー！」

突然の地響きとともに迫り上がる透明強化ガラスで造られていくウォータースライダー。

勢いをつけるスタートから筒状に激しく回転させるゾーン。再び上昇させてからの落下スプラッシュゾーン。続いて、大きくゆるやかな遠心力を味わえる遠心力ゾーン。最大傾斜九十度、高さ三十メートルの巨大ウォータースライダーの完成だ。

自治区ネスト全観光客のどよめきと歓声が聞こえてきた。

水遊びを楽しんでいた観光客も、これが遊具であることはなんとなく理解できるのだろう。

「精霊さん、一番上から水を流してもらえるかな」

「いいよー」

「流し続ける感じ？」

「そうそう。じゃあ、最初に安全確認のために誰かに滑ってもらおうかな」

「では、一番は私がいきましょう」

いつの間にか水の精霊の女王アクアリーナが後ろにいた。そして、その後ろには並ぶように多くの水の精霊さんが列を作っている。

「最初はテストなので危ないかもしれませんよ」

「水のあるところなら私たちに危険はありませんよ。万が一、下に落ちても湖の水がありますから」

なるほど、これほどまでにウォータースライダーのテスト走行に適した者はいないのかもしれない。

「それなら最初から水流マックスでいきましょう！」

「準備は大丈夫？」

「オッケー」

「水いっぱい流すよー」

「では、スタート！」

僕の合図とともにアクアリーナは滑り落ちていく。かなりのスピードが出ているものの、最初の回転ゾーンは筒状にしているので外に飛び出してしまうようなことはない。

とはいえ、上へ下へと回転を加えながら猛スピードで進んでいく様《さま》はインパクト抜群。アクアリーナも楽しそうに笑っているので問題ないと思われる。

続いては落下のスプラッシュゾーン。水のクッションがあるとはいえ下から見るとかなりの迫力がある。

落下後は大きな遠心力ゾーンで遠心力マックスに振り回していく。右へ左へ体を揺さぶられて徐々にゆっくりスピードが落ちていき、最後に長いスライダーを降りてきてゴール。

手を上にバンザイ姿で楽しそうに降りてくるアクアリーナを見て、観光客も階段の列に並び始めた。

「大丈夫でしたか？」

「ええ、とっても楽しかったわ」

水の精霊さんのサイズと子供たちのサイズはそんなに変わらないのできっと問題ないだろう。

「アクアリーナ、精霊たちも遊んでいいけど子供たちも滑れるように安全面でも協力してもらえないかな」

「追加の仕事ですね。では、Bランクポーションで手を打ちましょう」

来たばかりの水の精霊さんがポーションで交渉だと……。

「え、ええ。それは構いませんけど」

「風の精霊の女王に聞いたの。クロウの錬成するポーションは美味しいから飲んでみるといいって」

僕の錬成するポーションと言ったか。つまり、自治区の錬金術師が作ったBランクポーションではなく、僕が錬成したポーションをご所望ということ。エルアリムめ、余計なことを吹き込んだな。

エルアリムいわく、僕のポーションは同じランクでも味や喉越しが違うらしい。隣でうんうんとマリカが頷いていたので、一部のマニアには通じる話なのだろう。

「僕の錬成したポーションですか？」

「ええ、クロウのポーション」

目がキラキラと期待で輝いている。

まあ、水の精霊さんたちは仕事量も多いし、みんな真面目に職務を全《まっと》うしてくれているので。サービスしてもいいだろう。

「わかりました。でも、僕のポーションは数が少ないのであまり量は期待しないでくださいね」

「決定ね」

問題があるとすれば、この件が他の精霊の耳に入り、今まで一般的なBランクポーションで満足していた彼らが僕のポーションへと変更を要求してきた時だろう。

まあ、それはそれであとで考えるとしよう。お昼寝をしたい男爵は問題を先延ばしにすることで考えを放棄しようと思う。なぜなら今日は休息日なのだから。

「はい、じゃあ今回の分ね」

シャドウインベントリからBランクポーションを三本取り出すとアクアリーナに渡した。

するとすぐに一本の蓋を空けてコキュコキュと飲み始め、目がキュピーンと開くと一気に飲み干してしまった。

「美味しいわ。同じBランクなのにこうも味が違うの!? も、もっと……」

「か、数には限りがあるからね」

「くっ、もっと、もっと、仕事をちょうだい。水の精霊はもっと働けるから！ それを飲めるならもっと働けるから！」

「い、いえ、水の精霊さんたちは十分働いてくれてますので、これ以上何かお願いするようなことは特には……」

「し、しょうがないわね。でも、このアトラクションを運営している限り、毎日三本もらえるのよね？」

「あっ、はい」

アクアリーナさんの圧に負けてしまった。本来なら適当にお茶を濁しつつ、数日おきに何本か渡しておけばいいかとか思ってたけど、一度渡してしまっているだけに断りづらい。

まあ、三本くらいならいいか。毎日といってもウォータースライダーをオープンできるのは暑い気候の時期だけ、寒くなり始めてまでスライダーする人はいないだろう。

アクアリーナさんが手を伸ばしてくる。

「えっ、握手ですか？」

「エルアリムから聞いたの。人は契約の時に握手をするって」

「契約ですか……」

「ええ、契約です」

なんか目が怖いけど、助かっているのは事実なので契約でもなんでも結ぼう。そもそも水の精霊さんにはケートゥスを倒した時の恩もある。

こうして、今日も男爵は問題を先送りしていく。ポーションを錬成すればいいんだ。ただそれだけでいいなら作ればいいのだ。

男爵は遠くから聞こえてくる子供たちの楽しそうな声をバックミュージックにして再びお昼寝タイムに突入することにした。

◇

休息日の翌日はアドニスにお城に呼ばれての全体会議だ。朝から昼過ぎぐらいまで行われるらしい。

これは月に一度、定期的に開催されるらしく、自治区内での運営や各部門からの問題点などを共有しようということのようだ。

「やはり、貴族からのミスリルソードに関する問い合わせが多いね」

全員が集まったところで、ため息を吐くようにアドニスが声を発した。

「そうでございますね。バカンスに来ている貴族からも直接陳情《ちんじょう》として声が上がっております」

全部をアドニスが応対しているわけではないのだろうけど、セバスまでそう言うということは家族サービスとしてバカンスに来ていながらもワンチャン狙っての陳情ということなのだろう。

「それならわしらの工房に直接依頼に来た自称貴族の息子もいたぞ。もちろん追い返したがな」

ふんっ、と言いながらノルドが面倒くさそうに発言した。

ドワーフの工房まで来てしまったのか。これはちょっと規制をかけなければならないかもしれない。

「オウル、騎士団の警備を回せないか？」

「無理だな。ただでさえ観光客が増えていて、城の警備がいっぱいいっぱいなんだ」

「となると、動線を変えるしかないか。しかし、貴族も自治区の屋台料理を楽しみにしているからな……」

自治区に住む住民がいるエリアに広場と屋台がある。この広場を抜けていくとドワーフの工房がある。

「行く手を遮るだけなら我らでも可能です。その仕事、火の精霊が請け負いましょう」

「そうか。火の精霊は広場で火の管理をしているしうってつけかもしれない」

「その代わりと言ってはなんですが、報酬はクロウのBランクポーションでお願いします」

「Bランクポーションは在庫もかなりあるから問題ないと思うが、クロウどうだ？」

火の精霊の女王アフェリアが言っているのは僕のポーションだ。水の精霊さんの悪影響がさっそく出てきている。

「アフェリアが言ってるのは僕のポーションということなので、一般的なBランクポーションではないですよね？」

「はい、そうです。クロウのBランクで手を打ちます」

全員の視線が僕に集まる。というか、ここで嫌とか言いづらい雰囲気なのは事実。

「かしこまりました」

どうやら火の精霊さんも、ホーク兄様が使用したヒートミラージュのような認識阻害系の魔法が使えるらしく、ドワーフの工房へはたどり着けないようにしてくれるとのこと。

「広場で酒盛り中に交渉に来たらどうすればいい。殴るわけにもいかんじゃろ」

貴族を殴っていいわけないだろ、アル中ドワーフめ。しかしながら、みんなも集まる広場で揉め事が起きるのは正直困る。

「ドワーフが酒盛りをする時間帯なら我も塔に戻っておる。温泉に入ってる時以外ならドラゴンの姿で広場に現れてやろう。腰を抜かして逃げ去るに違いない」

そんな力技で大丈夫なのだろうか。

「うーん、現状はそれしか方法がなさそうだね。では、それでお願いします。報酬はどうしますか?」

「クロウのポーション……」

「!?」

「というのは冗談で、我はお金でいいぞ」

一瞬、他の精霊もお前もなのか!? という表情をした気もするが、ドラゴンにポーションは必要ないらしい。

僕の焦っている姿を見て、ニヤついているドラゴンに少し苛立つ。しかしながらドラゴン相手にそんなことを考えるだけ無駄というもの。男爵はそんな小さなことで慌てたりはしないのだ。

「話を戻しますが、エルアリムさん、大地の精霊さんの生み出すミスリルをもう少し増やすことは可能ですか？」

結局のところこの問題はミスリルの量が増えない限り継続していく課題なのだ。

「そうですね……増やすことは可能なの。でも、シャンクルーもタダで増やすことを良しとしないの」

シャンクルーというのは大地の精霊の女王のことだ。他の精霊は勢揃いしているのにシャンクルーは欠席している。きっと畑で瞑想《めいそう》しているのだろう。なんともうらやましい。

「それはつまり？」

風の精霊の女王エルアリムは親指と人差し指で丸を作り、手の甲を逆さまにしてみせた。

こ、こいつもか……。いや、精霊全体に僕のポーションが特殊だと吹聴《ふいちょう》したのは他の誰でもないエルアリムなのだ。ポーションのためならばなんでもする構えと見て間違いない。

「クロウのポーションを所望するの。シャンクルーと交渉できるのは私だけなので、交渉料をいただければと考えているの」

「大地の精霊もそれでいいと言うのかい？」

「同じ報酬で手を打つの」

またしても会議の参加メンバーが全員僕の方を見る。

この状況で中間管理職の男爵が断れるわけがないのは明白。

「かしこまりました」

「エルアリムさん、ミスリルの量はどのぐらい増やせるだろうか」

アドニスの問いにエルアリムが答える。

「とりあえずは倍を目標とさせてもらいたいの」

「そうか、それは助かるよ。とりあえず目下の問題は解決できそうかな」

すべての問題は僕のポーションで一通り解決するようだ。僕だけが働かされるなんて理不尽ではある。

しかしながら、言ってもそこまで大変な作業ではない。間違ってAランクポーションを錬成してしまう可能性は残るが、舗装工事と比べればお昼寝に夕寝も可能な仕事量である。

この程度で済むなら大変なふりをしておいて恩を売っておいた方がいい。頭の回転が速い男爵は心の中でそう判断する。

「あとはー、リズベスさん、ギルドの方から何かあるかな？」

「順調に冒険者の数は増えております。そろそろ宿屋などの施設の追加を検討しても良い頃合いかと」

施設の追加となると、これまた錬金術師の出番となる。僕が回答しようとしたら、代わりにマリカが話をしてくれるようだ。

「それにつきましては、新しいエリアを解放することで調整しましょう。観光客需要も高まっておりますので、少し大きめの宿屋などに造り変えてはいかがでしょうか」

自治区は大きく四つのエリアに分かれるのだけど、まだ二つのエリアしか解放していない。その内の一つを外から来る方向けにしてしまおうということか。確かにそれなら様々な問題も一気に片付けられるかもしれない。

「なるほど、住民と冒険者、観光客を分けるのはいい考えかもしれない。その方向で調整してみようか」

他にもちょっとした議題はあったものの、急ぎの課題は僕のポーションで解決するので第一回目の会議はこれにて無事に終了。

お昼過ぎまでかかるかもと言われていたのに、少し早く終わったのでこのまま解散となった。時間が押すようなら途中で食事タイムが入る予定だったそうで、お腹が空いた人はお城の食堂で用意されている料理をどうぞとのこと。

「クロウは食べていくの？」

「うん。せっかくだからいただくよ。ローズは？」

「トリュフ料理なんでしょ。ちゃんとしたのは食べたことがないからいただいてこうかなって」

「トリュフ料理なんだ。それは楽しみだね」

自治区においてもトリュフと様々な食材を合わせた料理の開発は進められている。貴族がバカンスに来るものだから、アドニスが食事を振る舞う機会も増えているのだ。トリュフアピールありがとうございます。

「あれっ、ネシ子は食べていかないの？」

少し俯いて考え事をしている感じのドラゴン。ご飯が用意されているなら、おかわりがなくなるまで食べるタイプなのに珍しい。

「お、おお、クロウか。そうだな、肉をもらうか」

「何かあったの？」

「うむ、そうだな。クロウには話しておくか。食べながら話そう」


メニューはシャトーブリアンをワイルドガーリックと合わせてステーキにしてトリュフを載せたもの。まさに至高の逸品といえるだろう。今、この世界で一番美味しい組み合わせじゃないだろうか。

ローズは手慣れた感じでナイフとフォークで切り分けては口に放り込む。そうして目を閉じて感慨深げにモグモグ。とっても美味しそうに食べている。

ネシ子は最初からステーキを二枚注文していて、ナイフは使わずにフォークでそのまま一口、二口目で口の中にすべてを放り込んだ。

「ダンジョン探索が進んでいるからシャトーブリアンの数もそれなりに増えてきてるみたいだね」

少し離れた席では武器関係の話で盛り上がっているのか、ドワーフのノルドとギルドマスターのリズベスさんがシャトーブリアンとエール酒で楽しんでいる。昼から酒とはリズベスさんもやるな。きっとこのあとの仕事は部下に任せているのだろう。

他の人は来ないのだろうか。せっかくのトリュフ料理なのにもったいない。

「ふぅー。では、そろそろ話をするか」

「ああー、そうだったね」

「魔の森に行ったのだが、魔物の数が減少している。増えすぎるより減っているのはいいことなのだ。しかしだな、我はここ数日の間、まったく狩りをしておらんのだ」

「たまたまじゃなくて？」

「我々が海へ行っていた間も含めての話なのだ」

「それって……結構な日が経つよね」

「短期間なのでそこまで増えることもないと思うのだが、減っているというのはちょっと不思議でな」

リッテンバーグ伯爵領へ行っていた期間はそれなりだった。自治区に戻ってきてネシ子が真っ先に魔の森へと向かったのは、彼女なりに森の状況が気になっていたからだろう。

ところが魔物は増えることなく、なんなら減ってしまっていると。

「今までは我が間引くことで正常な状態に戻そうとしていた。それが、何もしなくても減っているというのは、どういうことなのだろうか、クロウ」

魔物の専門家でも魔の森の研究家でもないので僕にわかるわけがない。

「なんでさっきの会議で話さなかったの？」

「ここに住む者にとって、魔の森が正常化していくことは問題ではなく、むしろ良いことだろう」

「まあ、確かに」

「まだ問題かどうかわからないし、現状ではそう悪くない状況とも言える。そんな感じでは議題に出すまでのことでもなかろう」

「でも、気になるんだね」

「うむ。正直に言うと魔の森が正常化するのは、もう何十年も先のことになると思っておったのだ。

あっ、ステーキのおかわりを二枚頼む」

アイスハチミツティーを注ぎに来てくれた侍従さんに追加注文をするネシ子。悩み事はあるものの、美味しい物はお腹いっぱいに食べたいドラゴンなのだ。

「僕で良ければ一緒に魔の森へ行こうか？」

「うむ、そうしてくれると助かる。クロウの仕事の方は大丈夫なのか？」

僕の仕事の方は大きなものは片付いたばかりなので、精霊さん向けにポーションを錬成するぐらい。そこそこ暇と言えば暇だ。

「うん。しばらくは大丈夫だと思うよ」

「そうか、ならばお願いしたい」

「あっ、私にもアイスハチミツティーをもらえるかしら。それで、オウル様に話しておく？」

近くを通った侍従さんにローズも飲み物のおかわりをしていた。

騎士団に話すかどうか。なんとも言えないところだ。

「どうだろうね。とりあえずしばらくは様子を見る感じでいいんじゃないかな。まだ問題が起きているると決まったわけでもないしさ」

「それもそうね」

ローズも気にかけてくれているようだが、この情報だけでは判断できないのも事実。

さて、午後からは魔の森の探索か。様子を見るだけならドラゴンライドで空から見渡すだけでもいい。

何か問題がありそうな現場が見つかれば、そこを重点的に探索すればいいのだから。

お腹も膨れたし、そろそろ準備するとしよう。何もないといいんだけどね。

8　魔の森の異変

食事が済むと、すぐにドラゴン姿のネシ子に乗って魔の森へと飛行する。いつものネシ子なら悪ノリしてハイテンションで飛び回るところなのに、今日はどこか大人しい。

もともと彼女はこの森を統《す》べる王だった。ネシ子なりに何か感じることがあるのかもしれない。

ドラゴンの勘というのが当たるのかわからないけど。いや、当たってほしくないんだけどね。

「いつもなら、我が低空で飛んでいるともっと森がざわざわするのだ」

森がざわざわというか、強者に怯えて逃げ惑う魔物の群れといったところか。

「あんまりざわざわしてくれないの？」

「うむ。大人しい。魔物がいないわけではないのだ。我が来れば普通は逃げる。ところが、逃げるというより隠れようとする奴が増えた」

それはもう調教済みな魔物ということではなかろうか。定期的に来るドラゴンに、逃げても無駄だと体が刻み込まれてしまったのかと思わなくもない。

「どうにも元気がない」

狩られる側に元気を求めるのはいささか理不尽というもの。

ネシ子はスピードを上げて一気に標高の高いエリアへと移動していく。

標高が高くなってくると魔物のレベルも総じて高くなる。

「この辺りの魔物になると動きが変わってくるんだね」

「うむ。これが正常な魔物の動きと言える」

やはり強者に怯え逃げるものや、立ち向かおうと敵意剥き出しにその感情を隠そうとしないものが増えてきた。

「さっきまでのエリアは魔物のレベルが低すぎるからじゃないの？」

ランクDのワイルドファング、ロックキャタピラー、ランクCのジャイアントトードにドラゴンフライ。そこに、存在自体が暴力とでも言うべきランクSのアイスドラゴンが現れたのなら僕でも隠れる。

「ランクの低い魔物は頭が悪い奴らが多い。そういうのを考えずに威嚇してくる可愛いのがほとんどだ」

確かに自治区にいるスライムとか何も考えてなさそうな気がするし、ラリバードに至ってはヒーリング草のことしか考えてないだろう。

「ネシ子が言うんだから、そうなんだろうね」

森に異変が起きているのはわかった。レベルの高い魔物にはまだ影響は出ていないものの、レベルの低い魔物には何かしら問題が起きているということか。

「ふむ。さっきの場所に戻ってみるか」


そうして再び弱い魔物のいるエリアに戻ってくると、そこではまさに異変が起こっていた。

「魔物が襲われている⁉」

ワイルドファングの群れが触手のようなものに襲われ、足を絡め取られたり、身体に巻きつかれては倒されていく。

「何かいるようだな。原因はあれか？　あれに怯えていたのか、我にではなく、あんなものに怯えるとは笑えるわっ！」

「ちょっ、え、えええっ！」

そして、その戦闘の場へと迷うことなく突っ込んでいくドラゴン。僕を背中に乗せていることを忘れないでもらいたい。

触手が巻きついたワイルドファングごと爪で斬り飛ばしては踏みつける。軽く咆哮《ほうこう》を上げて気合を入れると、すぐさま触手の集まる集合体に向かって氷のブレスを吐き出した。

我のおもちゃに手を出すとは生意気な奴だな。カチカチに凍らせてぶち殺すぞ！　とでも言っているかのような一瞬の出来事。

一方で暴れるドラゴンの背中にしがみつく男爵はどこか悲哀を感じさせる。一見するとドラゴンライダーのようなかっこ良さに見えなくもないが、その実はご存知の通りである。

ぶちぶちと次々に触手を踏み潰していくネシ子の勢いに魔の森の脅威となっていた触手も徐々に下がっていく。

「ネシ子、この触手は何？」

「わからん。わからんが……これは、あれに似ている気がする」

ネシ子の言う「あれ」というものに僕もなんとなく覚えがある。

「ひょっとして、龍脈？」

「ああ、おそらくそうだろうな。龍脈本体と比べると脆弱《ぜいじゃく》ではあるが、気色悪い雰囲気がまさにそれだ」

龍脈は自治区の下方に移動し始めているとの話だったと思うんだけど、なぜまだ魔の森にいるのだろうか。残骸《ざんがい》のようなものならいいのだけど、これがネシ子の言う異変のことだとすると嫌な予感がする。

相手が龍脈だとすると、近寄るだけでも危険。魔法で攻撃してもその魔力を吸収されてしまうし、属性の効果もすぐに打ち消されてしまう。

火の精霊の女王を救出した時には、触れただけで数名の精霊さんがやられてしまった。アルニマルもちょっと攻撃が当たっただけで腕の感覚を失われるほどの大ダメージを受けていたからね。

「あっ、あれっ、その触手に触れても大丈夫なの？」

「一応、念のため爪でしか触っていない。あの時もクロウが言ってただろう。爪なら切ってもまた伸びると」

それは良かった。覚えていてくれたのか。

「違和感はない？」

「うむ。龍脈に近しい存在であることは間違いないが、あの時のような嫌な力は感じない。問題なさそうだ」

触手はお亡くなりになったのか、それとも逃げ出してしまったのか、気配を感じなくなってしまった。

あっ、鑑定しておけば良かった……。

無駄だとは思うけど、周辺と地下を丹念《たんねん》に鑑定してみたけど、すでに何もいなくなっていた。

どうやらドラゴンの勘は当たってしまったらしい。これは報告しないとだね。精霊さんたちが何かしら対処方法とか知ってるといいんだけどな。

◇

その後、周辺をチェックしたあと自治区に戻ってすぐに緊急招集をかけることになった。第一回目の開催から半日も経たずに招集してごめんなさい。

ノルドとリズベスさんはお酒飲んじゃってたけど、話をしておかなければならない。少なくとも明日以降については、魔の森への冒険者派遣は中止した方がいいだろう。

冒険者から多少不満の声が上がるかもしれないけど、ダンジョンへの探索に変更してもらえばそう問題にはならないはずだ。

先にアドニスに簡単に説明はしておいたけど、話が大きすぎて何かを判断できる基準がなく、まずはみんなの話を聞こうということになった。

「急な呼び出しですまない。クロウから緊急事態との連絡があったため、みんなを集めさせてもらった。状況の説明を頼む、クロウ」

アドニスに話を振られた僕は魔の森に現れた触手が魔物を襲っていたことや、龍脈との関係性について説明をさせてもらった。

「龍脈が魔物を襲ったの⁉」

「そんなことありえないわ」

「いえ、火の精霊は実際に龍脈から攻撃されています。十分にありえる話かと」

専門家である精霊さんたちの意見も割れている。

「一応、爪に挟まっていたこれを見てくれるか」

そう言ってネシ子が取り出した物は、なんと触手の切れ端だった。あとで爪は綺麗に洗うようにしてください。あと、そんな異常生命体を自治区に持ってこないでください。

触手の切れ端はまだぴくぴくと動いており、机の上に載せられると、すぐに逃げ出そうとくねくねしながら窓の方へ進んでいく。いや、窓の先にある魔の森の方角といった方がいいか。

「もう潰していいか？　それともいるか？」

「念のため、精霊で預からせてもらえるかしらなの。これだけ小さければ悪い影響もないと思うの」

アドニスは僕の方を見て大丈夫なのか確認をすると、風の精霊のエルアリムに触手を任せることにした。

ちなみに、たった今僕が行った鑑定結果からは「触手の切れ端A　攻撃力なし」としか出てこなかった。いつもならもう少しうんちくとか食材としてのポテンシャルを語ってくれるのにな。

おそらくは僕の鑑定ではまだ扱えない高レベルの物体Xといったとこなのかもしれない。

「僕の方から精霊さんたちに聞きたいんだけど、現在の龍脈は魔の森から自治区ネストに移動してきているんだよね？　また魔の森の方に戻ったりはしてない？」

「龍脈は魔の森を離れ、この場所のはるか地下に向かって流れ込もうとしているの。それは間違いないの」

龍脈は自治区の下へと向かっている。でも、魔の森では龍脈の影響と思われる触手が魔物を捕食している。まるで意味がわからない。

と、ここで魔の森研究家のネシ子が発言をする。

「魔の森の魔物が減ることは現状では好ましい。まだまだ魔物が溢れるほど多いのは事実だ。しかし、龍脈の動きが怪しい。これを放っておくと大変なことになる予感がする」

「実は火の精霊たちから温泉の温度が安定しないと報告を受けていました。まだ報告するようなことではないかと思っていたのですが……」

「それなら、私も大地の精霊から畑の温度が上がってきていると言われたの。もう少し上がってきたら作物に影響がでる可能性があるってシャンクルーが言ってたの」

魔の森の異変と触手。温度が上がっている自治区。そして、自治区の下を流れようとしている龍脈。まったく関係ないということはないだろう。

「精霊たちにはそれぞれ龍脈が何をしようとしているのか調べてもらいたい。できれば魔の森の方も調査してもらえると助かるんだけど。きっとネシ子だけでは回りきれないと思うんだ」

「ええ、任せてなの」

「リズベスさんは魔の森への立入禁止を冒険者へ周知お願いします。それから、魔の森の外側における調査をベテラン冒険者にクエストとして発注可能でしょうか？」

少なくとも魔の森へ向かうゴーレム馬車は運行を取りやめる。それでも魔の森へ向かってしまう冒険者に関してはこちらとしても責任は持てない。

「かしこまりました。クエストについても問題ございません」

「アドニス、バカンスに訪れている貴族、これから来る予定の貴族への連絡をお願いします。あっ、あと、ウォーレン王への手紙もお願いします」

「うむ。任せてくれ」

貴族の方には可能なら帰ってもらいたいけど、そんなこと僕の口から言おうものなら問題になりそう。ここはアドニスに任せた方がいい。

「オウルとローズは近衛騎士団を率いてクエストを受ける冒険者とともに魔の森に向かってくれ」

「ああ、わかった」

近衛騎士団とベテラン冒険者で魔の森の周りを調査してもらえるのはありがたい。

あとは、もしもの場合に備えての動きか。何かあってからでは遅い。何かが起こると思って行動するべきだろう。

「セバスは父上に手紙をお願い。緊急時の住民の受け入れ、可能ならエルドラド伯爵騎士団の派遣も念頭に置いてもらいたい」

急ぎの場合には、住民にゴーレム馬車で避難してもらうこともありだろう。

「ええ、かしこまりました」

「マリカは念のため錬金術たちにポーションの増産と土壁と堀、バリスタのメンテナンスを急がせて」

「はい、わかりました!」

そうして、王立自治区ネストに初めての緊急事態宣言が発令された。

◇

昨日の夜に緊急事態宣言が発令されたということで、朝から情報を求める人々で広場は騒がしい。隣人や家族で話し合いをしながらどう行動するべきか判断しているのだろう。

一応、冒険者ギルドと錬金術師たちを中心に冒険者や住民へ現状の説明はさせてもらい、希望する人たちには優先的にゴーレム馬車でエルドラド領への避難を呼びかけている。

「どしたっぺかー。いつにも増して騒がしいっぺよー」

朝から大量の野菜を購入したらしい川リザードマンのチチカカさんが広場の光景に驚いている。

「ああ、チチカカさん良かった。これから話をしに行こうと思っていたんです」

「な、何か、あったたっぺか」

「実はですね……」

チチカカさんに事情を説明すると、川下りでの避難を協力してくれることになった。ゴーレム馬車に乗りきれない人には川下りもすすめよう。

「したっけ、川リザードマンは湖に移動させてもらいたいっぺよ」

「あれっ、逃げないんですか？」

「この場所は川リザードマンにとっての楽園だっぺ。龍脈だか触手だかなんだかわからねぇっぺけど、後方支援なら任せるっぺよ」

「ありがとうございます」

気が弱いので前線での活動はするつもりはないものの、後方支援はしてもらえるとのこと。バリスタの矢を補充してもらえるだけでも心強い。彼らにとってもここは大切な場所になっているのだろう。

さて、僕もネシ子と魔の森へと向かおうか。集合場所であるペネロペバーガー前では、新作のテリヤキバーガーセットを二人前購入済みのドラゴンが立っている。

無言で一袋を僕に突き出すと、自分の分を食べ始めた。今朝も太っ腹なドラゴンである。

「冒険者と騎士たちは、もう魔の森へ向かった。精霊はわからんが、数が少ないところを見るとすでに出ている。我らもこれを食べたらすぐ向かうぞ」

「うん、そうだね」

冒険者も疾風の射手を中心に多くの人が参加してくれたようだ。以前と比べて助けてくれる人たちが増えていることに感謝したい。

「ペネロペも避難していいんだよ」

「もうしばらく様子を見ます。まだ危ないと決まったわけでもないのでしょう。ハンバーガーを楽しみにしてくれる人も増えましたし、クロウ様のご飯も用意しなければならないですからね」

「僕に気を遣う必要はないからね。自分の命は自分で守るように判断してよ」

「ええ、わかりましたよ」

こちらの説明に対してすぐに避難を選択したのは小さな子供がいる家庭が中心だった。しかしながら、それ以外の人たちは現時点では残ることを決意しているようだ。

ペネロペがしばらく残ることを決めたのもそういう全体的な流れもあるのだろう。なんだかんだギガントゴーレムが二体、壁の上には多くのバリスタも設置されてゴーレム隊の数も増えている。

単純にこの自治区以上に安全な場所なんてないと思っているのかもしれない。

「さて、そろそろ行こうか、ネシ子」

「うむ」

広場にも人は多かったけど、なぜか畑の方にも人が多く集まっている。

「お、お供《そな》え物か……」

二体のギガントゴーレムの前には信心深い高齢者を中心にお祈りを捧げる行列ができており、当然のように大量のお供え物で溢れていた。

そんな景色をどこか温かく見守るかのようにドラゴンは街をくるりひと回りすると、魔の森へと向かっていく。

ネシ子もこの街を大事に思っていてくれるなら嬉しい。

ドラゴンの背に乗って魔の森へと向かうと、先に出ていた騎士団と冒険者が森の外縁《がいえん》に間もなくたどり着こうとしているところだった。

彼らには、森の奥には入らずに手前でキャンプを張りながら周辺の調査と警備を行ってもらう。どちらかというと、森に何かあって溢れてくる魔物を最初に抑える役割と言っていい。

以前、ブラックバッファローの群れが溢れ出た程度であればきっと抑えられるだろう。オウル兄様とローズが率いる近衛騎士団と冒険者たちの混合チームはそれなりに人数も多い。

魔の森へと入っていく僕らを見て、オウル兄様とローズが手を振っている。

自治区ではみんなが役割を全うしようと動いている。何事もなければそれでいい。でも、何かが起こっているのなら早めに対処するまで。

「この辺りから触手がいたエリアになるな」

「それじゃあ、鑑定をしていくよ」

「うむ、頼んだクロウ」

地中に埋まっている小さなトリュフを探すよりは、怪しげな触手の方がヒットしやすいはず。

一気に広げすぎないようにポイントを絞って随時鑑定をしていく。このあたりはトリュフ探索でかなりコツを掴んでいる。

そうして何箇所か鑑定していくと、すぐに地中に潜む怪しげな集合体を発見した。

「見つけた。ネシ子、あそこの少し開けたところ！」

場所的には魔の森の中腹エリアに差しかかったあたりといったところか。

ネシ子がゆっくりとその場所に降り立つと、その開けた場所には透明な薄緑色の膜《まく》に覆われたジャイアントトードが一体いてこちらをジーッと見ていた。

「あれはジャイアントトードなのか？」

いや、この場所には触手しかいなかった。一般的にジャイアントトードは濃い緑色に黒いブチの斑《まだら》模様をしているのだ。

「ネシ子、あれはジャイアントトードではなく龍脈の触手が変化したものみたいだ」

ゲロゲーロ、ゲロゲーロと舌を伸ばしながら威嚇してくるジャイアントトードのような生物。しかしながらその正体は龍脈から発生した触手。

「なんなんだ、あれは。殴っても大丈夫なのか」


【龍脈から生まれし触手が擬態したもの】

吸収した個体に擬態して分身のように増える。


「たぶん、大丈夫だと思う。あれはジャイアントトードではなくて触手が擬態したものだから」

触手であるのなら、前回も普通に戦っているので触れてもたぶん問題はないだろう。

形は違えど同じ龍脈から生み出されたという点においては、精霊さんと近しい生き物ということになる。

ただこの触手は、龍脈からの意思というか影響をかなり強く受けている。明確に魔物を襲ってその魔力を吸収し、力を蓄えたうえで何かをしようとしているのだ。

「お、おい、クロウ。なんか、どんどん増えていくぞ」

まるで土の中から孵《かえ》るように、ジャイアントトードはその数を増やしていく。

「ちょっ、こんなに増えるの⁉」

周辺が一気にゲロゲーロと一層騒がしくなっていく。すでに数えきれないジャイアントトードが溢れんばかりに生み出されているのだ。

と、ここで魔の森に先に入っていた精霊さんたちが焦った表情でやってきた。

「た、大変なの！　ロックキャタピラーの群れが自治区へ向かおうとしているの！」

「こっちはドラゴンフライよ」

「急にワイルドファングの群れが現れたよ」

「ねぇ、どうしよう、クロウ！」

増えるジャイアントトードを見ていたら、どこからかやってきた精霊さんたちが次々に報告にやってくる。ここと同じようなことが、あちこちで発生しているということなのだろう。

「なんで自治区へ向かってるのかな。理由とかわかる？」

「龍脈はひょっとしたら魔力を求めているかもしれないの」

「え、魔力？」

「ドラゴンがいなくなった魔の森は龍脈にとっては喜ばしいことではないかもなの」

ネシ子や精霊たちが自治区に棲むようになって、龍脈の流れも変わろうとしている。まるでそれは強力な魔力を追いかけるように……。

「止めないと」

ランクDやCの魔物とはいえ、群れとなって自治区を目指しているとなると厄介なことになる。

どうするべきか。

ここはまず、この情報をいち早く伝えることが大事だ。住民の避難だって優先しなければならない。

「精霊さんたちは無理をせずに、この群れの進行を少しでも遅らせてほしい」

「クロウはどうするの？」

「僕とネシ子はこの情報を近衛騎士団と自治区に伝えて対策を考える」

「わかったなの」

「じゃあ、頼むね」

ひとまず状況を把握したい。となると、空から確認するのが一番手っ取り早い。

「ネシ子、空から確認したい」

「わかった。早く我の背中へ乗れ！」

僕を乗せたネシ子はすぐに飛び立つと、周辺を確認するように高度を上げていく。

すると、精霊さんの言う通り魔の森のあちこちから魔物の群れが出てこようとしている。

「うわぁー、数が多すぎるな」

ワイルドファングの群れは早く出てしまいそうだ。イモムシタイプであるロックキャタピラーのペースはゆっくり。ジャイアントトードは……そこまで速くはないかな。

問題はドラゴンフライか。空を飛ぶ昆虫タイプの魔物なので、自治区の壁を越えて攻撃してきてしまう。矢やバリスタで落とすにしても数が多すぎる。

守りきれるのか……。

いや、守らなければならない。

ゴーレムの数も増えているし、ギガントゴーレムだって今は二体もいる。

壁も高くなり堀も深く、以前とはレベルが違う造りとなっている。

大丈夫だと思う反面、龍脈絡みとなると未知の不安がつきまとってしまう。

「よし、ネシ子。オウル兄様とローズのところへ行こう！」

「うむ、了解した」

魔の森を周回していたネシ子は反転すると、一気に急降下をしていく。

眼下には魔の森の手前で警戒態勢をとっている近衛騎士団と冒険者たち。森からのざわめき、ひょっとしたら群れの進行を感じ取っての行動なのかもしれない。

「オウル兄様！」

大きなドラゴンの姿に気づいて、こちらにすぐ振り向いてくれた。

「クロウ！　魔の森で何が起こっているんだ」

「例の触手が魔物に擬態して群れとなって自治区へ向かっています。擬態している魔物はランクC以下のワイルドファング、ロックキャタピラー、ドラゴンフライ、ジャイアントトードです」

「なんだと⁉」

「精霊さんたちが足止めを試みていますが、直《じき》にここにもやってくるはずです。僕は自治区に戻って防衛準備をします。オウル兄様はどうしますか？」

「騎士団はここに残る」

「えっ、でも大量の群れが……」

「いや、これはチャンスだ。魔物は自治区に向かっているのだろう。こちらを見向きもしない敵など一網打尽にしてくれる」

「数は以前襲いかかってきたブラックバッファローの比ではありませんよ」

「こっちの心配は不要よ。近衛騎士団はこの場所で少しでも数を減らすために動くわ。それに、騎士団が壁の近くにいるとバリスタだって思うように撃てなくなるでしょ？」

「ローズ、でも……」

「いいから、クロウは早くこの状況を自治区にいる人たちに伝えるんだ。俺たちが少しでも時間を稼いでいる間に準備を」

「わ、わかりました。では、ご武運を」


急いで自治区に戻ると、すぐにジミーとマリカを呼んだ。ジミーはゴーレム隊のまとめ役としての指示、マリカにはピンクのギガントゴーレムで僕と一緒に戦ってもらう。

「ジミー、壁のメンテナンス状況は？」

「完璧です。何かが……来るんですね」

「うん。ゴーレム隊と狩りチームで防衛準備を進めてほしい。川リザードマンが後方支援を手伝ってくれるはずだから、すぐに声をかけて」

「かしこまりました」

「魔物の群れが攻めてくる。ゴーレム隊はバリスタで空を飛べるドラゴンフライを中心に片付けてほしい。それから住民の避難指示に、ゴーレム馬車をバーズガーデンに向けてギリギリまで動かすように」

頷いたジミーはすぐに他の錬金術師に指示を出していく。

「クロウ様、私は？」

「マリカは壁の上から僕と一緒にギガントゴーレムを操ってもらいたい。まだ少し時間があるはずだから、セバスと協力してギルドや冒険者にも協力を仰いでもらえるかな」

「はい。了解しました」

二人とも特に緊張はしていないようだ。やはり一度オークの軍勢を前に防衛戦を経験しているのは大きいのだろう。

あの時と比べてゴーレムだって何度も動かしているし、錬金術師の場合は遠隔操作だから魔物相手とはいえ、そこまでの恐怖感はないのかもしれない。

「僕はアドニスに報告があるから、あとで合流しよう」

「はい！」

「クロウ、我は先に魔の森へ戻る。数が多いが少しでも減らしておいた方がいいだろう。だから、その間に子供たちを避難させてくれ」

「うん。わかったよ」

一気に慌ただしくなってきた。でも、みんな今できることをやろうとしている。近衛騎士団と冒険者、そしてネシ子が前線に出ればそれなりの時間を稼ぐことはできるだろう。

問題は擬態した魔物の群れがどのぐらいの数押し寄せてくるかだ。あのまま増え続けていたとしたら、とんでもない群れとなってやってくるかもしれない。

湖の方へ向かう途中で、こちらに走ってくるアドニスが見えた。どうやら先に情報が入っているようで、その表情はとても険しい。

「クロウ、魔物の群れがやってくると聞いた。数はどのぐらいになる？」

「はっきりとはわかりませんが、数万規模になる可能性があります」

「数万……。そんなにか」

「魔の森へ向かった近衛騎士団と冒険者たち、それからネシ子が数を減らすために動いておりますので、もう少し減ってくれたらいいのですが」

アドニスは少し考えてから決心したように話し始めた。

「本来なら王族はこういった危機の際に、撤退を視野に入れないとならない」

それはごもっともな話だと思う。アドニスはただの王族ではなく次期王を担う可能性が高い王太子なのだから。

「わかっています」

「だけどね、クロウ。私はみんながやれることを精一杯している中、一人だけ逃げるようなことはしたくないんだ」

「しかしながら……」

「このことは事後報告になるけど、父上にも伝えている。セバスにお願いしてキラービーに手紙を持たせた」

キラービーが到着する頃には自治区がどうなっているかわからない。つまりは、僕やエルドラド家の迷惑にならないように手紙を送ったということだろう。

アドニスの印が押された手紙は証拠としてウォーレン王の手元に残る。

「この自治区にはベルファイア王国で最大の軍事力があるといっても過言ではない。ここで守りきれない相手なら国ごと呑み込まれるよ」

「いいのですか？」

「それはそうですが……」

「私の剣の腕前はクロウも知っているだろう。それに何かあったら助けてくれるだろう？　ここにはギガントゴーレムがいて、伝説の氷竜《ひょうりゅう》もいるんだ。それに、次世代を担う近衛騎士団もいるんだからね」

「わかりました。でも、無理することは許可できませんよ。あとで僕がウォーレン王から怒られそうです。とりあえず剣はやめておいて、魔法での援護からお願いします」

「ああ、わかったよ。それで、作戦はどうする？」

これで良かったのか僕にはわからない。本来ならゴーレム馬車でアドニスやバカンスに訪れている貴族を撤退させるのが優先になる。マイダディから怒られるかもしれないけど、ここは本人の意志を尊重しよう。今は少しでも戦力があることがありがたい。

◇

そうして一通りの指示が済み、アドニスと二人、改めて魔の森の方角を壁の上から眺める。あれから二時間ぐらいは経過してるだろうか。

騎士団や冒険者の戦う音はここまで響いてきている。もう魔の森から擬態した魔物の群れが出てきているということだ。思った以上に早い。

こちらの準備はまだ整っているとは言いがたい。それでも優先的に避難が必要なお子様連れのご家族などの移送は済んでいる。帰りのゴーレム馬車にはマイダディの誇るエルドラド騎士団が乗ってくることだろう。

さすがに間に合うことは無理だと思うけど、耐えていれば助けが来る状況というのは精神的にも心強いものだ。

バリバリバリバリバリバリッ！

突如として鳴り響くのはおそらくネシ子が吐き出した氷のブレスの音だろう。魔の森の一部分が白く凍っていく。

しかしながらその白い色をすぐ覆うように魔物の群れが侵食していく。規模は想定よりも膨れ上がっている。

「想像しているよりも群れの数が多いか……」

「そのようですね」

「まさか平和な王国で防衛戦を経験することになるとは想像もしていなかったよ。クロウは、初めてではなかったよね」

はい。この男爵めは、すでにこれが三回目の防衛戦となります。ブラックバッファローの群れ、オークの軍勢、そして今回の龍脈の暴走。

「ここは魔の森が近いですからね」

壁の上には冒険者ギルドから魔法と弓が得意な人を集めてもらっている。もちろん、弓の得意な狩りチームも全員スタンバイしているし、ゴーレム隊とバリスタは準備万端だ。

実戦が初めての錬金術師も先輩がいるからか、落ち着いているように思える。

きっと大丈夫。

アドニスが振り返って自治区に残っている近衛騎士に大きな声をかけている。

どこまで数が増えていても必ず防衛してみせる。さあ来い、龍脈！

「それでは、ギガントゴーレム二体で迎撃に出ます。マリカも準備は大丈夫？」

「はい。問題ございません」

自治区にやってくる魔物の群れを少しでも減らすべく、ギガントゴーレム二体で叩けるだけ叩いておく。

現状の位置関係としては魔の森に精霊さんとネシ子がいて、魔の森から出たところにオウル兄様とローズ率いる近衛騎士団と冒険者たち。

そして、魔の森と自治区の中間地点にギガントゴーレム二体を配置する流れ。

たとえ数の暴力でギガントゾーンを抜けられたとしてもゴーレム隊によるバリスタ一斉射撃。さらにその先は弓矢部隊と魔法部隊で極力壁に近づけさせない構え。

普通に考えてみても、これは防衛というより暴力に近い気がする。群れといっても低ランクの魔物ならイレギュラーでもない限り対処できるはずだ。

「マリカ、そろそろ来るよ」

「はい！」

やはり、空を飛んでくるドラゴンフライは騎士団の攻撃をすり抜けるように自治区へ向かってやってくる。

群れの数が多すぎるのですべてを落とすことは難しいものの、ある程度は抑えられる。マリカも慣れた様子でピンクのギガントゴーレムを操ってはパシンパシンとハエを落とすように叩いていく。

鑑定結果は次の通り。


【ドラゴンフライ（龍脈の触手）】

ランクC羽根昆虫タイプの魔物。雑食で狂暴。空からの噛みつき攻撃には要注意。タフで連続飛行距離は二十キロをゆうに超える。

見た感じは巨大なトンボだ。名前にドラゴンと入っているから、とんでもなく強かったらどうしようかと思ったけど、そのランクはC。俊敏性はそれなりに高そうだけど、もちろんギガントゴーレムの相手ではない。

「ランク的にはジャイアントトードと同じだね」

「そうなんですね。それにしても数がちょっと多すぎます。魔力が持つか心配になりますね」

マリカと僕の足元にはマジックポーションが積み重なっている。僕は魔力量に関しては人より多いのでそこまで心配にならないけど、マリカはそういうわけにはいかない。

錬金術師の中では多い方だと思うけど、僕と比べたらその量は全然だろう。それに普通のゴーレムよりギガントゴーレムを操る方が魔力の消費は大きい。

「全部を倒さなくてもいい。後ろにはいっぱい味方がいるんだ。効率よく数を叩いていこう」

「は、はい！」

前方からは戦いの音が聞こえてくる。おそらくは森から出てきているワイルドファングとジャイアントトードを騎士団が迎え討っているところなのだろう。

数が増えて、さらにロックキャタピラーまで加わったらさすがに呑み込まれかねない。

たぶん、オウル兄様もローズも無理はしていないはず。ドラゴンフライとは無理して戦わずこちらに任せているということは、長期戦になることを見越して動けているということ。深追いはせずに、陣形を維持しつつ自分たちで倒せる魔物を倒せている。

このまま、このまま、進めば問題なく対処できるはずだ。

僕がそんなことを考えたからなのか、それとも龍脈を少し甘く見てしまったからなのかわからない。

魔の森で魔物を倒していたネシ子と思われる叫び声が響いた。

「クロウ様。あ、あれは……」

「う、嘘だろ……」

信じられない光景が起きていた。

それはドラゴンを吹き飛ばす大型の魔物の出現。

その体には多くの精霊さんたちがなんとかしようと張り付いているものの、羽虫でも飛んでいるかの如く気にする様子もない。

鑑定してみると、次のような感じに。


【ベヒーモス（龍脈の触手）】

ランクＳ＋伝説の怪獣。二本の鋭く長い牙を持ち、巨体から繰り出される突進を止めることは不可能に近い。


ドラゴン姿であるネシ子のサイズを上回る、さらに倍以上の大きさ。龍脈の触手からとんでもない怪獣が現れてしまった。

「ど、ど、どうしましょう。クロウ様……」

そんなこと言われても、ネシ子が吹っ飛ばされた相手を抑えるのなんて……。

いや、やらなければならない。抑えられなければ自治区が消滅してしまうのだから。

「ダメ元で落とし穴を造ってみる。ギガントゴーレム二体で誘導しよう。ほんの少しでいいから時間を稼いでくれ」

「わ、わかりました」

ベヒーモスには翼がない。深い落とし穴に埋めてしまえば、上がってこられない可能性もあるだろう。

穴にさえ落としてしまえばスリープとポイズンをあるだけ投げ込んで、セメントでも錬成して流し込んでしまえばいい。何もできずに生き埋めにしてやる。

スリープとポイズンはドラゴンにも効いた実績がある。伝説の怪獣だか知らないけど、効く可能性は十分あるだろう。

穴の壁面はツルツルに仕上げて、万が一目覚めたとしても登らせない。そして壁はとにかく硬くして掘らせることもさせない。悩んでいるうちに身動きとれなくさせてやる。

「錬成、とにかく大きな落とし穴！」

落とし穴を造るのはネシ子と戦った時以来だけれども、一度錬成しているという経験は役に立つ。

魔の森と自治区の間に、見た目にはわからないレベルの穴が完成した。

多少ずれても巻き込めるように、蟻《あり》地獄のように砂が崩れ引きずり込める仕様。最悪はギガントゴーレムごと落としてもいい。

なんとか起き上がったネシ子もこちらの狙いに気づいたようで、マリカの操るギガントゴーレムと一緒にこちらにベヒーモスを誘導させている。

僕もギガントゴーレムを操り、進路方向を落とし穴にルートを狭めていく。

このまま、このまま、進ませれば落とせる！

両端からギガントゴーレム。後ろからはネシ子がそれぞれベヒーモスの行く方向を調整しながら追い立てていく。

さすがのベヒーモスもこのメンバーを相手に強引に押し返せるほどのパワーはないようだ。今のところ誘導されるがまま勢いよく突進してくる。

ぷもぉおおおお！！！

まるで牛のような、それとも猪《いのしし》のような咆哮。

龍脈の触手が擬態しているとはいえ、目の前に迫ってきているそれは、まごうことなき伝説の怪獣ベヒーモスなのだ。

「よし、そのまま、そのまま来い！」

誘導に応じてそのまま落とし穴までやってくると思われたベヒーモス。

しかしながら、何かを感じたのか急ブレーキ。そのまま止まってしまうと、何か匂いを嗅ぐ仕草をすると向きを変え、再び回り込むように自治区の方へと爆走を始めてしまった。

「こ、これ、まずくないですか……」

隣にいるマリカからこぼれ落ちた絶望の言葉。あんな伝説の生物が突っ込んできたら自治区はなすすべなく蹂躙《じゅうりん》されてしまう。

どうすればいい。壁を造って勢いを落とさせるか。いや、時間はそんなにない。壁を造ってもまた回り込まれたらどうする。

9 精霊魔法

「クロウ、迷っている時間はないの！」

「エ、エルアリム⁉」

「ほらっ、早く私たちと手を繋ぐの」

「えっ、いや、でも今は、そんな場合じゃなくって」

「わかっているの。水の精霊から話は聞いているの。ほらっ、精霊魔法を使うの」

精霊魔法って、ポセイドンのことだよね。いや、確かに今は迷っている場合ではない。他に策がないなら精霊さんに賭けてみよう。

「手を繋げばいいんだね」

左には風の精霊の女王エルアリム。右には、右には、あれ、この精霊さんは誰？

「見たことなかったなの？　大地の精霊の女王シャンクルーなの」

「あっ、はじめまして。あっ、いや、今はそんな場合じゃなくって……」

そうして大地の精霊の女王シャンクルーを見ていたら、僕の心の中に精霊魔法のイメージが浮かんできた。

「こ、これは大地の精霊魔法⁉」

「まずはベヒーモスの勢いを止めるの。マナを限界まで送るのよ」

いつの間に戻ってきたのか、僕の後ろには手を繋いだ精霊さんがいっぱい。

目の前には迫ってくるベヒーモス。

自治区の壁にベヒーモスがぶつかる前にこの精霊魔法を発動する。

「全員、衝撃に備えよ！」

アドニスが壁の上にいる者に指示を出している。もうベヒーモスの駆ける振動が地面を通じて伝わってきている。

でも、でも、この壁は絶対に壊させない！

「大地の精霊魔法、タイタン！」

壁とベヒーモスの間に地割れが起こると、地面から大きな巨人が現れる。

気合を入れるがごとく、空に向かって雄叫びを上げるタイタン。

そんなことはお構いなしに突進してくるベヒーモス。

しかしながら次の瞬間、タイタンは地面を捲《めく》り上げるように一瞬にして厚く高い壁を造り上げた。

ゴアアアアンンン！

まるで山と山が勢いよくぶつかり合うような激しい衝撃音。壁も硬そうだけど、ベヒーモスの牙、頭部もものすごく硬そうだ。

土煙が晴れると見えてきたのは、ひっくり返って目を回しているベヒーモス。

「シャンクルーが驚いているの。こんな大きなタイタン、初めてなの！」

右側で手を繋いでいるシャンクルーは俯き気味で表情がわかりづらいのだけど、繋いでいる手がちょっと震えているので、その驚きはなんとなく察することができる。

というか、なんでエルアリムはシャンクルーの気持ちを代弁できるんだってば。

「水の精霊から聞いた通りなの。いくらマナを注ぎ込んでもクロウなら問題ないの。これなら大きな精霊魔法を放てるの」

なんだか僕自身が精霊魔法を放つ器《うつわ》として扱われている気がしないでもないけど、マナとの相性や精霊魔法を具現化する創造力というのが錬金術師である僕に向いているのだろう。

「よしっ。タイタン、そのままベヒーモスを担いで放り投げるんだ！」

精霊魔法であるタイタンが消滅するまであと数秒。やれることはギリギリまでやる。怪獣ベヒーモスをなんとか肩に担ぐと、ゆっくりと落とし穴の方へ向かって歩いていく。

スピードが出せないのはベヒーモスの重さが尋常ではないからに他ならない。消滅する前にタイタンが力を振り絞って投げてみせたものの、あと少しのところで落とし穴には届かない。

「うーん。ここまでなの。タイタンを再び呼び出すにはしばらく時間を置かないとならないの」

いや、初耳なんですけど。精霊魔法ってそういう制限あるの？

「大きな精霊魔法にはそれなりに制限があるものなの。でも、この場所のマナは豊富にあるから他の属性の精霊魔法なら発動できるの」

自治区周辺はマナを集めるのにそう時間がかからないということらしい。つまり、リッテンバーグの浜辺でなかなか発動できなかったポセイドンもすぐに放てるということ。

さっきまで隣にいたシャンクルーに代わって、今度は水の精霊の女王アクアリーナが現れた。ポセイドンはこれで二回目。イメージをするまでもなく、最速で撃たせてもらおう。

「クロウ、地面ごとぶち抜きますよ！」

僕の頭上に現れた水玉はすぐに大きくなって変形していく。

「水の精霊魔法、ポセイドン！」

猛スピードで飛んでいった三叉の槍は、寸分違わずに狙いを定めたベヒーモスの少し手前を地面ごとえぐりとるように割っていった。

地盤が崩れていく中、どうやら目を覚ましたらしいベヒーモスがその場から離れようと慌ててもがく。

しかしながらそんなことは想定済みなのだよ、ベヒーモス君。

「ラヴィ、タックルだ！」

念には念を。大人の姿に変身済みのラヴィを、もしものために待機させていた僕はえらい。

体格差ではベヒーモスに負けてしまうものの、足場が崩れている状況とあっては踏ん張りも利《き》かない。

体勢を崩されたベヒーモスはなすすべもなく深く深く掘った落とし穴へと落ちていく。

「クロウ、どんどん攻撃を仕掛けるの」

エルアリムのその言葉に合わせるかのように、アクアリーナから火の精霊の女王アフェリアへとバトンが渡されている。

頭の中に浮かび上がるそれは、まさしくこの状況にピッタリの精霊魔法と言っていい。

「火の精霊魔法、イフリート！」

炎の塊が浮び上がると、一気に膨れ上がるように拡大した激しい豪炎に包まれていく。そうして、その中から現れるのは炎の魔神イフリート。

その手には巨大な火炎の塊が猛々しく燃えさかっている。

「豪炎の塊を投げ込め、イフリート！」

落とし穴からはまるで火山が噴火したかのように激しい炎と噴煙が舞い上がる。

深い落とし穴に落ち、上から灼熱の豪炎の塊で蓋をされるとか、いくら伝説の怪獣といえども生存しているとは思えない。

「まだまだなのよ！」

炎が熱く燃えているうちに追撃とばかりにエルアリムたち風の精霊が集めたマナが僕の中に入ってくる。

精霊さんったら、まったくもって容赦がない。

「風の精霊魔法、アイオロス！」

あっさりと四大精霊の精霊魔法をこの一瞬ですべてコンプリートしてしまった。

そしてイフリートの豪炎からアイオロスの連続する精霊魔法の相性は良く、風属性だけではなく雷属性も付与される。

目の前では、とんでもない暴風が竜巻のように巻き起こると、その風の中から美しい女神が降臨する。手には大きな竪琴《たてごと》を持ち、穏やかな微笑みを浮かべながらポロロンとなめらかな音を奏でていく。

しかしながら美しい音色とは反対に生み出されるのは激しい暴風と雷撃。その攻撃はダメ押しと言わんばかりに落とし穴に叩き込まれていった。

マグマの中に暴風と雷撃がこれでもかと落とし込まれるのを間近で見せられるのは、こちらとしても恐怖だ。

たぶん、この光景を遠くから見ている人も衝撃だろう。こっちの世界で地震を感じたことはなかったけど、このとんでもない規模の精霊魔法はまさに自然災害の集合体とでもいうようなパワーと衝撃があった。

自治区の子供たちが避難していなかったらトラウマになっていてもおかしくない。そんな規模の魔法だったと思う。いや、精霊魔法か。

「龍脈が求めているのは養分だったの。ドラゴンが住処にしたいと思える心地よい環境を作ることで、その強大な魔力をドラゴンごと取り込もうとしていたの」

「それってどういうこと？」

「龍脈はわざとドラゴンが気に入るような環境を用意してたの」

つまりは龍脈によるドラゴンホイホイ的な罠にネシ子も引っかかっていたということらしい。

いや、何百年もかかる罠って壮大すぎてもう意味不明なんだけどさ……。

「ところが、そろそろかなーと、取り込もうとしていたドラゴンがいなくなってしまったの」

「順調に魔物も増えて、そろそろドラゴンを取り込もうかと思ったらすでに引っ越していたというわけか」

ネシ子さん、めっちゃ危なかったんじゃないの。

ドラゴンが気に入るようにわざと龍脈を地上付近に移動させてマナを提供しておびき寄せる。そしてある程度魔物が増えた頃合いでドラゴンごとパクリというわけか。

「私たちも危なかったの。アフェリアが取り込まれそうになった時に気づくべきだったの」

「それで、龍脈はどうすればいいの？」

ベヒーモスっぽい気配は精霊魔法のおかげで消滅したっぽい。しかしながら、龍脈の嫌な感じは地中深くにまだ残っているのだ。

このまま自治区に住むとしても、定期的に魔物の群れがやってくるとか、正直たまったもんじゃない。

「さすがに龍脈を倒すことは無理なの」

「む、無理なの!?」

「龍脈がなくなってしまってはこの世界が滅びてしまうの」

えっ、そんな大事《おおごと》になっちゃうの……。

「じゃあ、どうすれば……」

「簡単なの。この辺りを流れる龍脈に、ここから養分を取るのをあきらめてもらえばいいの」

なるほど、意味がわからないな。

「超絶すごい攻撃で地中を流れている龍脈ごともっと地下へ押しやるの！」

なんかすごく抽象的だな。

「そんなこと言うけど、僕は龍脈がどこを流れているかなんてわからないんだからね」

「あら、そうだったの？　てっきりわかっていてあの大穴を造ったのかと思ってたの」

「ん？　わかっていた……えっ、つまり？」

「龍脈が一番地上に近い場所は、たった今ベヒーモスを落とした穴の真下なの」

するとと、消えたベヒーモスの気配に代わるようにして、地下からとてつもなく大きなエネルギーの塊が水柱のように噴き上がってくる。

「こ、これは……」

「龍脈なの」

まるで温泉でも湧き出たかのように勢いよく噴き上げ続ける龍脈。周辺は水たまりのように溜まった龍脈がうねうねと動き始めてはワイルドファングに変形しようとしている。

「みんないったん離れるの！　龍脈に触れてはいけないの！」

慌てふためくように散り散りとなって逃げ惑う精霊さんたち。

さっきまでの触手とは違って、龍脈そのものは少し触れてしまうだけでも魔力を奪われてしまう。

特に精霊さんにとっては、触れられただけでも生命の危機といってもいい。

「エルアリム、どうすればいいの？」

「時間を稼いでほしいの。私たちが再びマナを集めるまで」

精霊魔法で龍脈をどうにか押しやれるということなのだろうか。龍脈から生まれた存在である精霊さんだけに、龍脈に精霊魔法が効くかは疑問が生じるところ。

ただ、触手やそれが擬態した魔物に対しては効果があったので、意外と大丈夫なのかもしれない。というか、現状で僕に精霊魔法以上の攻撃を繰り出せるとは思えないので、ここは信じるしかない。

「マリカ、ギガントゴーレムで精霊さんたちを守って。ゴーレム隊の半分は出撃、バリスタのターゲットはワイルドファングに！　精霊さんを守るんだ」

地上に出てきた龍脈はワイルドファングに擬態すると精霊さんを捕食しようと走り出していく。精霊魔法が一番の脅威であると理解しての行動なのかもしれない。それは裏を返せば精霊魔法に効果があるということ。

「わかりました。それでクロウ様は？」

「僕は、少しでもあれを追いやれるようにやってみる」

走るワイルドファングとは別に、落とし穴付近では龍脈の塊が集まって何かを形どろうとしていた。

その姿は先ほどのベヒーモスなのか、いや……あれは違う、なんというか見慣れた姿でもある。ドラゴンだ。

真紅《しんく》の巨大な体にして、大きな翼を広げようとしている。アイスドラゴンよりもさらに一回り大きく、戦闘に特化したかのような荒々しい体躯。

鑑定結果は次の通り。


【エイシェントドラゴン（龍脈が擬態した魔物）ランクS＋＋】

龍脈が捕食したエイシェントドラゴンに擬態したもの。火属性の頂点に君臨する古代竜。


どうやら他の地域ですでに捕食されてしまった可哀想なドラゴンがいたようだ。ネシ子、食べられなくって本当に良かったね……。あと少し引っ越しが遅れていたら呑み込まれていたのは間違いない。

それにしても火属性のエイシェントドラゴンと来たか。それは氷属性のアイスドラゴンとは相性が悪いのではなかろうか。

空に避難していたアイスドラゴンのネシ子が、翼を完全に広げる前のエイシェントドラゴンに容赦なく氷のブレスを吹きつけていく。

僕の狙いもネシ子同様に翼である。

「ギガントゴーレム、翼に攻撃だ！」

翼があるということは空を飛ぶということ。そんなことを許してしまったら自治区を防ぐことなど到底不可能というもの。ここは全力で翼から潰させていただく。

こちらは変身を待つほど優しい男爵ではないのだ。

氷のブレスで固まった翼は、ギガントゴーレムの攻撃の前になすすべもなく潰された。

「よしっ、そのまま攻撃を続けるよ、ギガントゴーレム！」

連続攻撃を狙ってみたものの、それはついに動き始めてしまったエイシェントドラゴンに読まれてしまう。

エイシェントドラゴンがギガントゴーレムの腕を押さえるように触れると、その瞬間ギガントゴーレムの動きが止まってしまう。

「魔力チャージ切れ!? そ、そんな、触れられただけで止まってしまうなんて……」

多少は魔力が吸収されるかとは思っていたものの、あの一瞬で大量の魔力を吸われてしまった。

今の場所からギガントゴーレムに魔力チャージするには離れすぎてるし現実的ではない。

「クロウ様、私のギガントゴーレムを使ってください」

「ありがとう、マリカ」

ピンクのギガントゴーレムのリンクを切ったマリカは、普通のゴーレムに切り替えて精霊さんを守りに行く。ワイルドファング程度なら多少数が増えてもゴーレム隊で守りきれるだろう。

「ガウッ！」

「ああ、わかってるよ、ラヴィ。僕たちも前線に出ようか」

少しでも触れられたら魔力を奪われて機動停止。かといって、離れた場所からギガントゴーレムにできることは限られてしまう。いや、ないこともないか。

「ジミー、バリスタの矢をあるだけ持ってきて」

「矢をどうするのですか？」

「投げる。ギガントゴーレムで思いっきり投げてみる」

「す、すぐに私のゴーレムでお持ちいたします」

今後はギガントゴーレム用に大型の武器でも用意した方がいいのかもしれない。今まではパンチやキックがそのまま最強の攻撃になってたけど、魔力吸収に弱いという弱点が見つかってしまった。

まあ、普通の魔物なら吸われることなんてないと思うけどさ。

「よしっ、物理攻撃はどのぐらい効くかな」

現状ではネシ子が空から氷のブレスで攻撃するのがやっと。少しの間は凍りついて固まるものの、それも時間が経てばすぐに溶けて再び動きだしてしまう。

ちょっとした足止めにしかなっていないので、精霊さんのマナ集めがどのぐらいかかるのかわからない以上、もう少しなんとか時間を稼ぎたい。

「標的はとても大きい。これなら全力で投げてもどっかしらには当たるはず！　と、その前にラヴィ、ギリギリまで近づくよ！」

やれることはなんでもやっておく。錬金術師の汎用性の高さとやらをお見せしようじゃないか。

初手は効き目があったら嬉しいなという希望。時間稼ぎといえばこれ、ネシ子にも効き目があったお墨付きの錬金術師グッズであるスリープ&ポイズンボール。

ラヴィに指示を出してエイシェントドラゴンの後ろに回り込むと力をいっぱいの遠投、そしてすぐに離脱。

投げたスリープボールとポイズンボールが割れないように、空気砲でさらに高く飛ばしていく。

それぞれがエイシェントドラゴンのちょうど真上辺りに落下してきたところを見計らって次の攻撃に移る。

と、ネシ子も合わせるかのように氷のブレス攻撃を繰り出している。これで数秒ではあるもののエイシェントドラゴンの動きは止められた。

「ギガントゴーレム、矢を全部投げろ！」

バリスタの矢でスリープボールとポイズンボールを割るつもりなので、ここでギガントに握りしめさせていた矢を豪快に全力で投げさせる。そのうちの一本とかがボールを割ってくれるだろう。

それにしても、ラヴィに乗りながら遠投、空気砲を放ってからギガントゴーレムを操るとか一人何役こなしているのかわからないぐらいこの戦い方にも慣れてきたな。

そして、ちょうどエイシェントドラゴンの顔付近に落下してきたあたりで、バリスタの矢が強襲。

タイミングはバッチリだ。パリンと見事にもくもくとした煙が広がっていく。

「矢のダメージはちゃんと入っているみたいだね。あとは、スリープとポイズンはどうなのか」

しかしながら動き始めたエイシェントドラゴンは雄叫びを上げて怒り狂っている。ポイズンはわからないけど、少なくともスリープ効果がないことがわかった。

矢は見事に顔周辺に刺さっており、そこから血のようなものと若干ではあるものの魔力が流れ出ている。この攻撃を続けていけば、いずれは魔力が失われ倒せる可能性がある。

しかしながら、流れ出る魔力はごくごく微量。足止めできてない以上、反撃をくらってしまう。エイシェントドラゴンの攻撃一回で自治区は半壊以上のダメージ。そもそもマナを集めている無防備な精霊さんに攻撃を当てさせてはならない。

ではどうするか。時間稼ぎに徹するしかない。翼は潰したので空は飛べない。ならば狙うのは足元だ。

周辺にはネシ子のブレスで氷が大量にある。エイシェントドラゴンの動きを止めるならこれだ！

「錬成、周辺を底なし沼に！」

周辺の氷を溶かし、砂や土と混ぜ合わせながらドロドロにしていく。水分は多すぎず、また少なすぎずの絶妙なバランスで調整する。そうすることで、まとわりつくようなぬかるみが完成した。

エイシェンとドラゴンは空を飛べず、慌てて腕や脚を動かす。もがけばもがくほど泥にはまり、埋まって抜け出せなくなっていく。

「よしっ、時間稼ぎ成功！」

油断大敵とはよく言ったもの。沼にはまって動けはしないが、攻撃ができないわけではないのだ。

「クロウ、気を抜くでない！」

空からの声が聞こえてなかったら僕の作戦はあっさり失敗に終わっていたことだろう。

なぜなら、顎《あご》を大きく開いたエイシェントドラゴンの口元に火の塊ができ上がっていたのだから。

ドラゴンの必殺技ブレス攻撃だ。

狙いは、自治区の前でマナを集めている精霊さんで間違いない。このままでは精霊さんごと自治区までもが破壊されてしまう。

「ギガントゴーレム、軌道をずらすんだ！」

今すぐに動けるのはギガントゴーレムだけ。ブレスを撃たれる前になんとか対処したい。

ところが、ギガントゴーレムの攻撃はあと一歩届かず、エイシェントドラゴンは少し首を上げると、大きな火炎のブレスを吐き出してしまった。

一瞬にして溶けてしまうギガントゴーレムの腕。

周囲の温度が一気に上がっていく。周辺すべてを覆い尽くすかのように、ブレスは広範囲に及ぶ。

「こ、こんなの……どうやっても、防げない」

時間はない。何かしなければ僕も精霊さんも自治区だってどうなるかわかったもんじゃない。

考えるんだ。このピンチを乗りきる何かを。

そうして灼熱のブレスが目の前まで近づいているところ、助けに入ってくれたのは黒い影。

僕とエイシェントドラゴンの間に入ってきたのは、ダークネスドラゴンのクネス大師だった。

「あちっ、あちちち！　し、師匠、シャドウインベントリです。師匠のシャドウインベントリならいけるはずです！」

シャドウインベントリ。そういえば僕のシャドウインベントリ内は時が止まっている。火は空気がなければ燃えることはできないのだから無効化できるのか!?

いや、時が止まっているのだから、その勢いもそのまま止まったままと考えた方がいい。

というか、ドラゴンのブレスをシャドウインベントリにしまえるものなのか!?

いや、迷っている場合ではない。今この瞬間にもクネス大師がブレスに灼《や》かれているのだ。

「シャドウインベントリ！」

僕はクネス大師と並ぶようにして、ブレスに向かって手を伸ばしながら発動させた。

一面が灼熱地獄だったのが嘘のように、ブレスはシャドウインベントリの中へと消え去ってしまった。

「さ、さすがは師匠です」

「よく、こんな裏技を思いついたね……」

「あっ、これは私ではなく、マスターシェルビーの入れ知恵です。ちなみに、成功したらシャドウインベントリ内の魔力はダンジョンにくださいとのことです」

どうやら、自治区の緊急事態を知らせた手紙はダンジョンにも届けられていたらしく、助《すけ》っ人《と》としてクネス大師が派遣されたようだ。今のは本当に危なかった。

「成功するかわからなかったのに、盾になってくれたんですね」

「師匠ならできると思っていました。それに、これぐらいの痛みなら昔感じていた頭痛の方がキツかったですから。ははは っ。あっ、ポーションもらえますか？」

さて、とりあえずの危機は去ったものの、エイシェントドラゴンは次の攻撃に向けて再び魔力を高め始めている。

つまり、再びあのブレス攻撃をするのか、それとも違った攻撃をしてくるのか。どちらにしても待ったなし。

「クネス大師、シャドウインベントリのブレスはどこかに出していいの!?」

「ちょ、ちょっと待ってください。出したブレスがどの方向に向かうのかの判断ができません。変な方向に出してしまったら危険です」

希望をいえばこのブレスをエイシェントドラゴンに向けてぶつけたい欲は高い。しかしながら動く魔法的なものを収容したことは初めてなので、クネス大師の言うようにどの方向に出てくるかわからないのも事実。

男爵の気ままな判断で間違って自治区にブレスが飛んでしまっては目も当てられない。

というか、インベントリの中に入っていたポーションとかナミュルソースとかは一体どうなっているのだろうか。

「ちなみにクネス大師のシャドウインベントリは……」

「私のインベントリは時が止まらないので収容はできるかどうかわかりませんよ。ほらっ、強すぎるエネルギーだと収容しきれないかもしれませんし……。い、いけますかね？」

いや、そんなことを言われても僕にはわかりませんってば。

そんな話し合いをしていたら、エイシェントドラゴンから高濃度の魔力反応が。もはや、そんなに時間は与えてもらえないらしい。

「と、とりあえずはあとで考えるとして、今回はクネス大師がお願いします」

「えっ、いや、でもインベントリ内にある選挙ポスターがようやく完成したばかりでしてね、すごくいい感じに仕上がってるんですよ！」

「選挙ポスターぐらい、またあとで作りましょうよ！」

そんな不毛なやりとりをしていると、精霊さんの準備が整ったらしい。

ナイスタイミングだ！

「お待たせなのクロウ！」

「ま、間に合った？」

間に合ったかどうかはわからない。エイシェントドラゴンはすでに大きく口を開けて準備万端。

最悪の場合は……。

「クネス大師！」

「わ、わかりましたよ、師匠」

で、この場面で使う精霊魔法というのはいったいどんなものなのか。

僕の背中を支えるようにして四人の女王が、いや、その後ろにはすべての精霊さんたちが連なって、マナと精霊魔法のイメージを送ってくる。

これはあれだ。混合魔法とでもいうべきか。

精霊さんはエイシェントドラゴンだけをなんとかしようとしているのではなく、エイシェントドラゴンごと、その下の龍脈の流れ自体を変えようとしているようだ。

その期待に応えるべく全力で撃たせてもらう。

「極大混合精霊魔法、エレメンタルディザスター」

火、大地、水、風の属性が混ざり合うようにして融合していく。いまだかつて感じたことのないほどに暴れまくるマナ。

制御することに専念しないと、大量のマナに呑み込まれてしまいそうになる。

アフェリアからは高貴で猛々しい炎が、シャンクルーからは静寂と豊潤《ほうじゅん》を祈る強い願いが、アクアリーナからは母なる海の生命のパワーが、そしてエルアリムのそれらすべてを優しく包み込む調整力をもって、それらすべてが一つにまとめ上げられていく。

四つの属性がうねるようにして一つになると、それはまるで理不尽な自然災害でもあるかのような抗えない暴力となり——再びブレスを吐こうとしていたエイシェントドラゴン目掛けて飛んでいく。

グウオオオアアアアア！

エイシェントドラゴンの叫び声に合わせるように、僕の叫び声も響いている。

「うわああああぁぁぁ！」

凄まじい量のマナが僕の身体を駆け抜けていくのだ。それはさっきまでの精霊魔法とは違って、桁違いに僕の体力を消耗させていっている。

「も、もう少しなの。クロウ」

「我慢……する」

「男の子でしょ」

「すごい、すごい！」

なんだか自分の体じゃないみたいにまるで言うことを聞かない。お腹がぐるぐると掻き回されているような気持ち悪い感覚が猛烈な吐き気をもよおさせる。

このままではどうにかなってしまう。

ま、まだ、終わらないの⁉　ねぇ！

空高く舞い上がった精霊魔法はその落下する勢いまで利用するかのようにエイシェントドラゴンを落とし穴へと押し込み、さらに下へ下へとねじ込んでいく。

「も、もう、いいんじゃ……ない……の？」

「あと、もうちょっと、もっと、龍脈を押し込むの！」

エルアリムが厳しい。

ああ、あっ、も、もう、ダメかも……。

僕の意識が遠くなりかけた時、今日一番の大きなマナの流れが僕の体の中を駆け抜けると、さらに極大な精霊魔法となって地下へと流れ込んでいった。

そして、それは巨大な地震でも起きたかのような激しい縦揺れを起こし、超台風でもやってきたかのような暴風雨を吹き荒らした。そうして信じられないほど強烈な雷撃を何千何万と落としたという。


あとで聞いた話によると、その揺れは王都まで届き、雷撃はエルドラド領からもはっきり見えたのだとか。

すでに僕の意識はなくなっており、次に目を覚ましたのは何日か経過したベッドの上といういつもの残念な感じだった。

精霊さんいわく、龍脈自体は押し込めることに成功したようでしばらくは大丈夫だろうとのこと。また動きがあれば頑張るの、と笑顔で言われた……。もう嫌です。

ちなみに僕が寝ている間も魔物の群れは押し寄せていて、三日三晩激しい防衛戦は続けられたのだとか。

その、なんというか、僕だけ寝ていてごめんなさい。

エルドラド領からやってきた騎士団もその後の殲滅《せんめつ》戦に協力してくれたようで、なんとか自治区は守られた。おかげで奇跡的に、怪我人は多かったものの、亡くなった人は一人もいなかったのだとか。ありがとうマイダディ。

しかしながら戦闘の跡は凄まじく、今も錬金術師たちが壁の補修を行っている。

一番酷かったのは、僕と精霊さんが開けた大穴だ。

深すぎていくら埋めても埋まらない大穴は、そのまま埋めるのを諦めて観光地にするとかアドニスが言っていた。

はあ……。やっと終わったんだね……。今回は本当に疲れたよ。

◇

あの激しい戦闘から一年ちょっと経っていた。

今も大穴はそのまま残っていて、「ディザスターホール」と名付けられ、周囲を柵で覆われている。

穴の中に石を投げ込むことで願いが叶うとか、あとづけで観光客を盛り上げているらしい。精霊さんも何かあったら精霊魔法をすぐに撃ち込めるし、残しておきましょうとか言っていた。

まあ、もう龍脈には諦めてもらって、人のいなそうな違うエリアを攻めてもらいたいところ。どこかで知らないドラゴンさんが犠牲になるかもしれないと思うと少し不憫な気がしないでもないけどね。それでも、僕にできることなんて知れてるし、今後も目の前の手の届く範囲でやれることをやろうと思う。

「こんなところで何してるのよ。一応、男爵なんだから護衛ぐらいは付けなさいよね。またセバスさんに怒られるわよ」

僕は馬に乗れないので、ここまでは羊さんに乗せてもらってやってきた。僕を乗せると美味しい草をもらえると理解しているようで、僕の羊さんからの人気はそれなりに高い。

「じゃあ、今日の護衛はローズで」

「じゃあ、じゃないわよ。まあ、しょうがないわね。私も一応は近衛騎士だしね」

ローズは騎士学校に通ってもいないのに、正式に自治区の近衛騎士になってしまった。正確に言うと、騎士団長補佐という役職で自治区ではオウル兄様に次ぐ立場だ。

なんだかんだ小さな頃の夢を最短で叶えてみせたその努力はすごいと思う。

今年の剣術大会の優勝者とのエキシビションマッチでは、相手を瞬殺してみせたらしい。僕は見てないから知らないけど、自治区の騎士の間ではかなり盛り上がっていた。

「それで、まだ龍脈が気になるの？」

「まあ、多少はね」

あの戦闘から龍脈の動きには精霊さんを通じて常に確認をしているものの、特段目立った動きはない。僕もたまにやってきては鑑定をするんだけど、かなり奥深く地下へと追いやったようで反応すらない。

まあ、龍脈もあれだけこっぴどくやられたら手を出してはこないと思いたい。別にここじゃないと栄養を集められないというわけでもなさそうだし。

ブェー、ブェエ、ブェエー！

「ああ、はいはい。美味しい草をあげようね。帰りも頼むよ」

ちなみに自治区を訪れる観光客は相変わらず増えていて、夏は水遊び、冬はアイススケートができるとあってとても人気だ。

もちろん、冒険者も右肩上がりに増えていて定住希望の人も多くなっている。やはり、魔物の討伐依頼も多く、ダンジョンからのドロップアイテムが高額で取引されるのが大きいのだろう。

また自治区は上下水道が整っており、温泉も入り放題。こんな清潔な街はどこを探してもない。ここを拠点にしたくなる気持ちはわからなくもない。

「羊も可愛いわね。帰りは私も乗せなさいよ」

「いや、羊さんは一人乗りだから無理だって」

「私は軽いから平気よ。子供二人ぐらいなら大丈夫よね？」

ブェエエエー
「大丈夫かな。なら、少しポーションも飲ませてあげようか」

ブェエー！

僕がポーションを取り出すと、羊さんのテンションが爆上がりする。これだけ元気ならいけるかもしれない。

「じゃあ、そろそろ戻ろうか」

「そうね」

「ちょっ、近いよ」

「二人乗りなんだからしょうがないでしょ！」

「そういえば、ローズは仕事しなくて大丈夫なの？」

「羊に乗って出かけるクロウを見たオウル様が私を向かわせたのよ」

なるほど、ちゃんと僕の護衛任務だったのか。ゴーレムと一緒だったら放っておいたかもしれないけど、今日は羊さんとだったから念のためだったのだろう。

近衛騎士団は、王族であるアドニスとこの自治区を守ることが基本行動だけど、守る対象の中には僕も含まれている。

「僕一人でも、それなりの戦力なんだけどなー」

「だからって一人で歩いていいわけじゃないのよ。せめてラヴィと一緒に出かけなさい」

「今日は寒いからラヴィは家から出たくないらしくてさ」

伝説の氷狼なのに寒いから外に出たくないとはこれいかに。

「すっかり野生が失われているわね」

きっとお昼ぐらいになったら広場に現れるだろう。

子供たちがいっぱいいて遊んでもらえるからね。

「まあ、可愛いから許す」

なんだかんだピンチの時は助けてくれるし、龍脈との戦いでは気を失った僕を運んでくれたのは言うまでもなくラヴィなのだ。

「今日はいい天気になりそうね」

雲一つないい青空と気持ちのいい空気。近くには大きな川が流れていて、今日も川リザードマンがバーズガーデンへ積荷を運んでいく。

相変わらず魔の森には多くの魔物がいるし、自治区の周辺にはゴブリンやオークだって闊歩している。ここは油断したら命の保証がないファンタジーな世界。

多くの人の助けがあってここまでやってこれた。それはこれからもきっと変わらない。僕はこの世界でずっと生き続けるだろう。

それもこれも不遇だと思われていた錬金術スキルのおかげだ。

いるかどうかわからないけど、神様。

僕に錬金術スキルを与えてくれてありがとう。

僕はこれからもこの世界の暮らしや生活を良くするために頑張ろうと思う。

【了】

魔法の型録《カタログ》で手に入れた
異世界【ニッポン】の商品で大商人に!?

これがあれば 追放生活も楽勝です!

国一番の商会を持つ侯爵家の令嬢クリスティナは、その商才を妬んだ兄に陥れられ、追放されてしまう。旅にでも出ようかと考えていた彼女だったが、ひょんなことから特別なスキルを手に入れる。それは、異世界【ニッポン】から商品を取り寄せる魔法の型録《カタログ》、【シャーリィの魔導書】を読むことができる力だった。取り寄せた商品の珍しさに目を付けたクリスティナは、魔導書の力を使って旅商人になることを決意する。「目指せ実家超えの大商人、ですわ!」——駆け出し商人令嬢のサクセスストーリー、ここに開幕!

◉定価:1320円(10%税込)　ISBN 978-4-434-32483-3　◉illustration:nima

ワンバイエイト
1×∞
経験値1でレベルアップする俺は、
最速で異世界最強になりました！
1～2
著
マツヤマユタカ
Yutaka Matsuyama
異世界生活《アウトドア》
満喫中!!
異世界爆速成長系ファンタジー、待望の書籍化！
トラックに轢かれ、気づくと異世界の自然豊かな場所に一人いた少年、カズマ・ナカミチ。彼は事情がわからないまま、仕方なくそこでサバイバル生活を開始する。だが、未経験だった釣りや狩りは妙に上手くいった。その秘密は、レベル上げに必要な経験値にあった。実はカズマは、あらゆるスキルが経験値1でレベルアップするのだ。おかげで、何をやっても簡単にこなせて——
逃走中でも、異世界ライフを堪能します！
コミカライズ企画進行中！
●各定価：1320円（10%税込）●Illustration：藍飴

この作品に対する皆様のご意見・ご感想をお待ちしております。

おハガキ・お手紙は以下の宛先にお送りください。

【宛先】

〒150-6008 東京都渋谷区恵比寿4-20-3 恵比寿ｶﾞｰﾃﾞﾝﾌﾟﾚｲｽﾀﾜｰ 8F
（株）アルファポリス　書籍感想係

メールフォームでのご意見・ご感想は右のＱＲコードから、
あるいは以下のワードで検索をかけてください。

アルファポリス　書籍の感想　検索

ご感想はこちらから

本書はWebサイト「アルファポリス」（https://www.alphapolis.co.jp/）に投稿されたものを、改稿、加筆のうえ、書籍化したものです。

不遇《ふぐう》スキルの錬金術師《れんきんじゅつし》、辺境《へんきょう》を開拓《かいたく》する5
貴族《きぞく》の三男《さんなん》に転生《てんせい》したので、追《お》い出《だ》されないように領地経営《りょうちけいえい》してみた

つちねこ

2023年 8月31日初版発行

編集－芦田尚
編集長－太田鉄平
発行者－梶本雄介
発行所－株式会社アルファポリス
〒150-6008 東京都渋谷区恵比寿4-20-3 恵比寿ｶﾞｰﾃﾞﾝﾌﾟﾚｲｽﾀﾜｰ8F
TEL 03-6277-1601（営業） 03-6277-1602（編集）
URL https://www.alphapolis.co.jp/
発売元－株式会社星雲社（共同出版社・流通責任出版社）
〒112-0005東京都文京区水道1-3-30
TEL 03-3868-3275
装丁・本文イラスト－ぐりーんたぬき
装丁デザイン－AFTERGLOW
印刷－中央精版印刷株式会社

価格はカバーに表示されてあります。

落丁乱丁の場合はアルファポリスまでご連絡ください。

送料は小社負担でお取り替えします。


ISBN978-4-434-32316-4 C0093